KJB

Wenn sie nicht gerade Geschichten über die magischste Zeit des Jahres erfindet, baut *Taylor Garland* Schneemänner oder backt Weihnachtskekse – und zwar zu jeder Jahreszeit! Sie hat bereits zahlreiche Kinder- und Jungendbücher geschrieben und freut sich besonders, nun auch endlich mal in einer ihrer Geschichten ein wenig Weihnachtsmagie zu verbreiten.

Weitere Informationen zum Kinder- und Jugendbuchprogramm der S. Fischer Verlage finden sich auf *www.fischerverlage.de*

Taylor Garland

Ein wuscheliges Weihnachtswunder

Aus dem Amerikanischen
von Naemi Schuhmacher

KJB

MIX
Papier aus verantwortungsvollen Quellen
FSC® C083411
www.fsc.org

Erschienen bei FISCHER KJB

Die Originalausgabe erschien 2017 unter dem Titel
»The twelve pets of christmas« bei Little, Brown and Company,
a division of the Hachette Book Group, Inc., New York

Umschlaggestaltung: Norbert Blommel, MT-Vreden,
nach einem Entwurf von Christina Quintero
Foto: © Smit/Shutterstock.com
Satz: Pinkuin Satz und Datentechnik, Berlin
Druck und Bindung: CPI books GmbH, Leck
Printed in Germany
ISBN 978-3-7373-4144-8

1

Quinn Cooper versuchte, nicht zu blinzeln. Würde sie es tun, könnte sie ja etwas verpassen – dabei gab es so viel zu sehen! Das *Finer Arts*, das Geschäft für Künstlerbedarf in Quinns Heimatstadt Marion, war ihr der liebste Ort auf der Welt.

Sie schlenderte durch die Gänge – vorbei an dem leuchtenden Regenbogen der unterschiedlichen Farben; vorbei an den Buntstiften in jeder nur erdenklichen Schattierung; vorbei an dem handgeschöpften Büttenpapier mit goldenen und silbernen Sprenkeln; vorbei an den glitzernden Kristallperlen, die an langen Fäden baumelten. Jeder Gang inspirierte Quinn zu einem neuen Projekt. Aber sie wusste, dass sie dafür keine Zeit hatte. Nicht jetzt, wo so viel anstand!

Widerwillig riss Quinn sich von der Abteilung für handgesponnenes Garn los und steuerte auf die Kasse zu. Die Ladenbesitzerin Miss Morimoto lächelte Quinn entgegen.

»Hi, Quinn! Ich habe eine Überraschung für dich.«

Quinns Augen leuchteten auf. »Sind sie gekommen? Sind sie gekommen?«, rief sie.

»Voilà!« Miss Morimoto zog eine rote Schachtel unter der Theke hervor. »Vorsichtig … sie sind sehr zerbrechlich.«

Mit angehaltenem Atem schob Quinn den Deckel auf. Eingebettet in die Schachtel lagen zwölf makellos runde Christbaumkugeln aus filigranem, mundgeblasenem Glas. In den verschiedenfarbigen Kugeln spiegelte sich das helle Licht über ihren Köpfen, ansonsten aber waren sie unbemalt.

»Sie sind perfekt!«, rief Quinn. »Danke, Miss Morimoto.«

»War mir ein Vergnügen«, erwiderte die ältere Dame. »Ich achte immer darauf, dass Sonderbestellungen so schnell wie möglich bei uns ankommen.«

»Der Zeitpunkt ist *ideal*«, sagte Quinn. »So kann ich sie über die Thanksgiving-Ferien bemalen.«

»Machst du das für euren Weihnachtsbaum zu Hause?«, fragte Miss Morimoto.

Quinn schüttelte den Kopf. »Ich spende sie dem Tierheim von Marion«, sagte sie. »Dieses Jahr gibt es ja sogar eine Wohltätigkeitsveranstaltung – *Die zwölf wuscheligen Weihnachtswichtel.*«

»Ja, genau. Ich habe die Flugblätter gesehen«, meinte Miss Morimoto. »Erzähl mir mehr.«

»Mrs Alvarez – sie ist die Leiterin des Tierheims – also, sie hatte diese tolle Idee«, fing Quinn an. »*Die zwölf wuscheligen Weihnachtswichtel* ist eine große Kampagne, damit die Leute ein Tier aus dem Heim holen, anstatt sich eines im Geschäft zu kaufen. In zehn Tagen geht es mit einer richtig schicken Wohltätigkeitsveranstaltung los! Man kann tanzen, es gibt Essen und Weihnachtsgebäck und eine Auktion mit ein paar echt coolen Sachen, und Porträts von den zwölf Tieren, die wir hoffentlich noch vor Weihnachten vermitteln können. Ich spende zwölf handbemalte Christbaumkugeln. Ich will sie mit Tieren bemalen.«

»Genial!«, sagte Miss Morimoto. »Ich bin wirklich begeistert, dass du dein künstlerisches Talent für so einen guten Zweck einsetzt, Quinn.«

»Das ist das Mindeste, was ich tun kann«, meinte Quinn. »Ich helfe nach der Schule so gerne im Tierheim aus. Aber das ist noch nicht alles. Bei der Veranstaltung werde ich auch …«

Quinn stockte plötzlich.

»Wenn ich es mir recht überlege, warum kommen Sie nicht einfach selbst?«, fuhr sie fort. Sie kramte in ihrem Rucksack, bis sie eine Eintrittskarte für die Wohltätigkeitsveranstaltung fand. »Die Freiwilligen haben je zwei Freikarten bekommen. Möchten Sie eine von meinen?«

Miss Morimoto wirkte überrascht, aber nur einen Moment lang. Dann erschien ein breites Lächeln auf ihrem Gesicht. »Ich komme liebend gern. Danke, Quinn!«, sagte sie und nahm die Karte.

»Super! Und so können Sie auch die fertigen Christbaumkugeln sehen«, meinte Quinn. »Ich hoffe, das wird was. Ich habe noch nie auf Glas gemalt.«

»Bestimmt werden sie ganz wundervoll«, versicherte ihr Miss Morimoto. »Denk nur daran, dass sich die Farben, die du benutzt, etwas verändern können, je nachdem, welche Farbe die Kugel hat. Und eines kann man natürlich immer brauchen …«

Gespannt wartete Quinn, während Miss Morimoto wieder unter die Theke griff.

»Bitte schön – das geht aufs Haus.« Miss Morimoto reichte Quinn eine kleine Dose Glasglitter. »Bald ist

Weihnachten«, fügte sie hinzu. »Da kann es gar nicht genug glitzern!«

»Danke schön!«, sagte Quinn.

»Streu einfach etwas davon darüber, solange die Farbe noch feucht ist, und fertig«, erklärte Miss Morimoto. »Ich sehe dich dann bei der Veranstaltung – dich und deine Christbaumkugeln!«

»Wiedersehen, Miss Morimoto«, sagte Quinn und platzierte die Schachtel mit den Christbaumkugeln vorsichtig auf ihrem Arm. »Und danke noch mal – für alles!«

»Halt dich warm«, rief Miss Morimoto ihr noch nach. »Es sieht nach Schnee aus.«

»Das will ich doch hoffen«, meinte Quinn lachend. »Tschüss!«

Als Quinn vor die Tür trat, fiel ihr auf, dass es nicht nur nach Schnee aussah, es roch auch nach Schnee. Dieser knackig kalte Geruch in der Luft war unverwechselbar. So eingepackt in ihre warme Jacke machten Quinn die frostigen Temperaturen nichts aus, als sie nach Hause lief. Ihre Wohnung, in der sie mit ihrem Vater und ihrer Katze Piper lebte, lag nur ein paar Straßen entfernt. Dass es noch vor Thanksgiving einen richtigen Schneesturm gab, war unwahrscheinlich – aber nicht unmöglich. Quinn musste unwillkürlich grinsen, als sie an den letzten großen Blizzard dachte, der Marion letzten Winter getroffen hatte. Die Schule war eine ganze Woche lang ausgefallen! Mit ihrer besten Freundin Annabelle war Quinn in den Stadtpark gegangen, um dort auf dem großen Hügel stundenlang Schlitten zu fahren. Und dann, weil ja schulfrei war, hatte Annabelle zwei Tage hintereinander bei Quinn übernachten dürfen!

Die Erinnerung daran war wunderschön – aber sie machte Quinn auch ein bisschen traurig. Gäbe es dieses Jahr einen großen Schneesturm, könnte sie nicht mit Annabelle Schlitten fahren und ihre Freundin würde auch nicht bei ihr übernachten. Erst vor drei Monaten war Annabelle weggezogen, weit weg nach Kalifornien, … und Quinn hatte keine Ahnung, wann sie sich wiedersehen würden. Das war ein Grund, warum Quinn so gerne im Tierheim aushalf. Mit den kleinen Kätzchen zu spielen, brachte sie immer zum Lachen, und sie liebte es, mit den Hunden durch die Nachbarschaft zu spazieren. Quinn wusste, wie wichtig es war, die Tiere mit Liebe und Fürsorge zu überschütten, während sie auf ihre Adoption warteten. Glückliche Tiere hatten viel bessere Chancen, eine neue Familie zu finden – und glückliche Tiere wussten, dass sie geliebt wurden. Aber vor allem lenkte die Arbeit Quinn davon ab, wie sehr sie Annabelle vermisste.

»Hey, Dad!«, rief Quinn, als sie zur Tür herein kam.

»Hey, Q!«, schallte es aus seinem Büro. Quinns Dad war professioneller Zeichner und arbeitete von zu Hause aus. Dafür hatte er sich ein Büro eingerichtet, dass fast so gut ausgestattet war, wie Miss Morimotos Laden.

»Schau – meine Christbaumkugeln sind gekommen«, verkündete Quinn und stellte die Schachtel behutsam auf den Esstisch.

»Das sind ja tolle Nachrichten«, sagte ihr Vater und erschien in der Türöffnung. »Ich hab mir schon fast gedacht, dass Miss Morimoto für dich alle Hebel in Bewegung setzt.«

»Vier Tage lang keine Schule, keine Hausaufgaben, nur malen …«, seufzte Quinn verträumt. »Bloß noch ein Tag bis zu den Thanksgiving-Ferien, und ich kann es kaum noch erwarten!«

Ihr Blick huschte zur Uhr. Eigentlich durfte sie

erst zeichnen oder malen, wenn die Hausaufgaben erledigt waren, aber vielleicht würde Dad heute eine Ausnahme machen.

Als hätte er ihre Gedanken gelesen, lachte ihr Vater. »Leg schon los, Q«, sagte er. »Heute kannst du die Hausaufgaben ja ausnahmsweise nach dem Abendessen machen.«

»Woher hast du gewusst, was ich denke?«, fragte Quinn mit einem Lächeln.

»Du hast da diesen besonderen Blick«, meinte er wissend. »Diesen *Ich-kann-es-gar-nicht-erwarten-loszulegen*-Blick. Der ist mir sofort aufgefallen.«

Quinn lief durchs Zimmer, um ihren Dad ganz fest in die Arme zu nehmen. »Danke, Dad«, sagte sie. »Die Hausaufgaben erledige ich dann nach dem Essen, versprochen. Und außerdem mache ich den Abwasch!«

»Umso besser«, witzelte Dad.

Quinn schnappte sich die Christbaumkugeln und verschwand eilends in ihrem Zimmer. Ihren Schreibtisch in Ordnung zu halten, fiel Quinn schwer – es stapelten sich immer Arbeitsblätter, Stifte und Bücher darauf –, ihr Maltisch dagegen war grundsätzlich tadellos. Wenn sie den Drang verspürte, zu malen oder zu zeichnen, wollte sie schließlich keine Zeit mit Aufräumen verschwenden!

Quinns Acrylfarben lagen schon nach dem Regenbogenprinzip sortiert bereit. Sie suchte sich noch ein paar metallische Farbtöne heraus – Gold, Silber und Karminrot –, die unter dem hellen Licht der Lampe schimmerten, als sie von jeder ein bisschen auf ihre Palette gab. Dann nahm sie eine goldene Christbaumkugel aus der Schachtel. Gedankenversunken starrte Quinn die Kugel an, während sie überlegte, was genau sie malen wollte.

Tap, tap, tap.

Quinn bemerkte gar nicht, dass sie mit dem Pinselstiel gegen die Seite der Palette tippte. *Die goldene Farbe erinnert mich an Annabelles Hund, Bumblebee,* dachte sie. *Aber wenn ich ihn male, hebt er sich ja gar nicht von der Kugel ab.*

Aber warum nicht einfach einen dunkelbraunen Hund malen?

Quinn zeichnete schon seit Ewigkeiten Tiere – vor allem die Haustiere ihrer Freunde –, deshalb fiel es ihr nicht sonderlich schwer, eine schokobraune Version von Bumblebee zu malen. Sie musste lächeln, als sie dem Hund ein Schlapp- und ein Stehohr verpasste. Dadurch wirkte der Vierbeiner auf der Christbaumkugel neugierig und verspielt – als wäre er für jeden Unsinn zu haben.

Ich muss Annabelle ein Foto von dem Bild schicken, dachte Quinn, als sie ihre Arbeit begutachtete. Aber die Kugel wirkte noch nicht ganz fertig. Irgendetwas fehlte noch – nur was?

Es ist nicht weihnachtlich genug, erkannte Quinn plötzlich. Mit schnellen, sicheren Pinselstrichen malte sie dem Hund einen Kranz aus dunkelgrünen Blättern um das Gesicht. Ein paar rote Stechpalmenbeeren gaben dem Ganzen noch etwas Farbe.

»Weniger ist mehr«, war einer der Sätze, den Erwachsene gerne sagten, und allermeistens war Quinn da ganz anderer Meinung. Weniger Schokoladenstückchen in einem Keks oder weniger Glasur auf einem Cupcake waren definitiv nicht besser.

Aber wenn es um Kunst ging, war da etwas Wahres dran, das musste auch Quinn zugeben. Klar, sie hätte die Christbaumkugel noch weiter und weiter verzieren können, aber irgendetwas tief in ihrem Inneren sagte ihr, dass sie fertig war – so war es gerade richtig.

Und genau rechtzeitig, denn sie hörte die Stimme ihres Vaters aus der Küche rufen: »Essen ist fertig!«

Quinn legte die Kugel vorsichtig zurück in die Schachtel, die bemalte Seite nach oben, damit nichts verwischte. Eine fertig … elf fehlten noch. Quinn war schon gespannt, welche Idee ihr wohl für die nächste Christbaumkugel in den Sinn kommen würde.

2

Quinn stand ganz nah vor dem Spiegel, während sie eine dünne Schicht glitzernden Lipgloss auftrug. Normalerweise schminkte sich Quinn nicht – aber dies war ja auch kein normaler Abend. Die Spendengala für die zwölf wuscheligen Weihnachtswichtel ging in gerade mal einer Stunde los!

Quinn strich ihren Tüllrock glatt. In den violetten Stoff war Glitter eingearbeitet, so dass Quinns Kleid bei jeder ihrer Bewegungen funkelte – fast wie eine der Christbaumkugeln, die sie bemalt hatte! Mrs Alvarez war von den Kugeln ganz begeistert gewesen, als Quinn sie gestern abgeliefert hatte. Jetzt konnte Quinn nur noch hoffen, dass es den Leuten, die an der Versteigerung teilnahmen, genauso ging.

»Bist du so weit, Q?«, rief ihr Dad aus dem Flur.

»Fast!«, rief Quinn zurück. Dann kramte sie in ihrer Schmuckschatulle nach dem perfekten Accessoire: ihr goldenes Medaillon mit einem Pfotenabdruck vorne drauf. Quinn fand die Kette und eilte mit ihr in der Hand zu ihrem Vater.

»Du siehst phantastisch aus, Kleine!«, meinte er mit einem breiten Lächeln. »Wann bist du denn so erwachsen geworden?«

»*Dad!* Bitte«, erwiderte Quinn – konnte sich aber ein Lächeln nicht verkneifen. »Kannst du mir hiermit helfen?«

»Ich gebe mein Bestes«, murmelte er, während er an dem winzigen Verschluss nestelte.

»Danke, Dad«, sagte Quinn, als die Kette saß. »*Jetzt* bin ich fertig.«

»Wollen wir zu Fuß gehen?«, fragte Dad. »Heute Abend dürfte es nicht so kalt sein.«

»Klar«, meinte Quinn. Ihre Wohnung war nur ein paar Blocks von der Innenstadt entfernt, deswegen lag so gut wie alles in Gehweite.

Die Abendluft war frisch und kühl, als Quinn und ihr Vater in Richtung des Palladium-Centers liefen, wo die Gala stattfinden sollte. Quinn kam es vor, als würde alles glitzern, von den Lichterketten in den Bäumen bis zu den Sternen, die weit über ihren Köpfen funkelten. Sie freute sich so auf die Gala, dass sie beim Gehen ein kleines bisschen hüpfte.

Quinn und ihr Dad waren unter den ersten Gästen, die eintrafen. Welche Verwandlung das Palladium-Center in den letzten vierundzwanzig Stunden durchgemacht hatte, konnte Quinn kaum fassen. Als sie gestern die Christbaumkugeln vorbeigebracht hatte, war der Festsaal noch vollkommen kahl gewesen und hatte im Licht der hellen Neonröhren fast schon hässlich gewirkt.

Und jetzt?

Jetzt war es hier so festlich und nobel, wie Quinn es bis dahin noch nicht erlebt hatte! Die Wände waren von langen Tischen gesäumt. Neben der Tür waren die großen Porträts der zwölf wuscheligen Weihnachtswichtel aufgebaut – Lobo und Nana, Rufus und Schneeflocke, Tops und Tipi, Paisley, Polka und Pünktchen, Pixie und Mätzchen und natürlich Buddy, den Quinn besonders gernhatte.

Der Tisch auf der rechten Seite war überladen mit Süßspeisen – Mini-Eclairs mit Schokoladenüberzug, türkisgestreifte Plätzchen in Zuckerstangenform, Cupcakes mit einer Garnierung aus Zuckerguss und kandierten Preiselbeeren. Am besten gefielen Quinn allerdings die Lebkuchenhundehäuschen, die mit jeder nur erdenklichen Nascherei dekoriert waren.

Beim näheren Hinsehen verschlug es ihr fast den Atem.

»Dad! Schau doch mal!«, rief sie aufgeregt. »Das sind sechs Hundehütten – und vor jeder steht ein Lebkuchenhund, und auf jedem Dach sitzt eine Lebkuchenkatze! Und – und es sind die zwölf, die vermittelt werden sollen!«

Dad grinste. »Eine beeindruckende Liebe zum Detail«, meinte er anerkennend.

Quinn beugte sich ganz nah über die Häuschen, um sie genauer unter die Lupe zu nehmen. »Schau!«, sagte sie. »Da sind Mätzchen und Schneeflocke … und dieser hier sieht aus wie Rufus …«

»Quinn!«, hörte sie eine Stimme hinter sich.

Das Mädchen wirbelte herum und entdeckte Miss Morimoto vom Bastelgeschäft. »Sie sind gekommen!«, rief Quinn aufgeregt. »Danke!«

Miss Morimoto lächelte. »Das wollte ich um keinen Preis verpassen!« Dann wandte sie sich an Quinns Dad. »Hallo, Alan. Sie müssen so stolz auf Ihre Tochter sein!«

»Da haben Sie recht«, antwortete Dad und legte Quinn einen Arm um die Schulter.

»Der Mittelpunkt der Ausstellung. Eine bessere

Platzierung hätte man sich nicht wünschen können«, fuhr Miss Morimoto fort.

Ein verwirrter Ausdruck trat auf Quinns Gesicht. »Welche Ausstellung?«, fragte sie.

»Oh, du hast die Ausstellung noch gar nicht gesehen?«, rief Miss Morimoto.

Quinn schüttelte den Kopf.

Miss Morimoto klatschte in die Hände. »Na, dann wird es aber Zeit. Das musst du sehen«, meinte sie. »Mir nach!«

Der Saal füllte sich langsam, Miss Morimoto aber schlängelte sich geschickt zwischen all den elegant gekleideten Männern und Frauen hindurch und führte Quinn zu dem Tisch auf der gegenüberliegenden Seite. Dies war eindeutig der Tisch mit den Sachen für die stille Auktion: Quinn sah riesige Geschenkkörbe mit allerlei darin, von Hautpflegeprodukten bis hin zu Feinschmeckerschokolade. Es standen Urlaubsreisen zur Versteigerung, ein Abendessen im Haus des Bürgermeisters und sogar ein Motorrad. Quinns Lächeln wurde immer breiter, als sie die Großzügigkeit ihrer Gemeinde bestaunte. Ihre Christbaumkugeln waren im Vergleich mit all den anderen Spenden nur ein kleiner

Beitrag, aber Quinn war froh, überhaupt helfen zu können.

Aber half sie wirklich? Sie hatte gedacht, dass ihre Kugeln über den Tisch verstreut lagen, aber Quinn hatte bis jetzt noch keine entdeckt. *Vielleicht haben sie zu viel Zeug bekommen*, kam es Quinn plötzlich in den Sinn. *Vielleicht gab es so viele tolle Spenden, dass für meine Kugeln kein Platz mehr war.*

Aber wenn dem so war, warum kam Miss Morimoto dann aus dem Lächeln gar nicht mehr heraus?

Da entdeckte Quinn es: In der Mitte des Tisches auf einem wunderschönen goldenen Sockel stand ein kleiner Weihnachtsbaum, geschmückt mit hell funkelnden Lichtern und …

Quinn schnappte nach Luft.

Ihre Christbaumkugeln!

Alle zwölf glitzerten vom Baum und fingen das Licht ein. Es stand sogar ein Schild am Fuß des Sockels:

Handbemalte Christbaumkugeln
von Quinn Cooper
Anfangsgebot pro Stück
50 Dollar

»Fünfzig Dollar?«, fragte Quinn erstaunt. »Pro *Stück*?«

»Und jeden Cent wert«, meinte Miss Morimoto.

»Unglaublich«, sagte Quinn und schüttelte den Kopf. »Ich hätte gedacht, dass sie vielleicht für zwanzig Dollar weggehen ... aber mindestens fünfzig Dollar pro Kugel ...« Quinn hielt kurz inne, um die Rechnung zu lösen. »Das wären ja 600 Dollar!«

»Es scheint sogar noch mehr zu werden. Sieh nur – es gibt schon ein paar Gebote«, erklärte ihr Vater und zeigte Quinn die Liste, auf der man sich eintragen konnte. Und tatsächlich, für die blaue Kugel mit der weißen Katze gab es bereits drei Gebote ... und sie würde mindestens achtzig Dollar einbringen!

»Quinn! Da bist du ja!«, rief Mrs Alvarez, als sie strahlend zu ihrer kleinen Gruppe eilte. »Nicht schlecht, was?«

»Nicht schlecht?«, echote Quinn. »Das ist der Wahnsinn – so eine Ehre! Danke!«

»Das Dekorationsteam hat deine Christbaumkugeln kaum gesehen, da haben sie schon ihre ursprünglichen Pläne für das Herzstück der Ausstellung umgeworfen«, erzählte Mrs Alvarez. »Aber wer könnte ihnen einen Vorwurf machen? Die Kugeln fangen den Geist der zwölf wuscheligen Weihnachtswichtel einfach perfekt ein. Haustiere, Weihnachten …«

»Und Glitzer!«, fügte Miss Morimoto hinzu und zwinkerte Quinn zu. Alle lachten.

»Ich kann es nur nicht fassen, dass die Leute so viel für meine Kugeln bezahlen wollen«, staunte Quinn.

»Sie sind wunderschön, Quinn«, sagte Mrs Alvarez. »Du bist ein echtes Talent.«

»Das stimmt«, meinte auch Miss Morimoto. »Deine Tiere strahlen so eine unbeschwerte Verspieltheit aus. Du hast wirklich das Wesen von jedem Tier eingefangen.«

Quinn lachte. »Na ja, die Heimtiere sind schließlich eine echte Inspiration.«

Mrs Alvarez warf einen Blick auf ihre goldene Armbanduhr. »Wo wir gerade von den Heimtieren sprechen …«, fing sie an.

Quinns Augen leuchteten auf. »Geht es los?«, fragte sie.

»Jeden Moment«, antwortete Mrs Alvarez nickend. »Es wird höchste Zeit. Ab hinter die Bühne!«

»Hinter die Bühne?«, fragte Miss Morimoto Quinns Dad. Aber der sah genauso verwirrt aus wie sie.

»Ich habe eine Überraschung für euch«, sagte Quinn mit geheimnisvollem Unterton. »Wir sehen uns nachher. Bis dahin – genießt die Show!«

Dann folgte sie Mrs Alvarez aus dem Festsaal hinaus und einen langen Flur hinunter bis zu einem leeren Konferenzraum. Quinn musste lächeln, als sie sich der Tür näherten. Mrs Alvarez hätte jetzt nicht mehr vorangehen müssen, den Weg wiesen ihr nun das Bellen und Miauen, das den Gang hinunter schallte!

»Hier haben wir sie untergebracht«, erklärte Mrs Alvarez. »Ich glaube, du und Buddy seid die Fünften in der Reihe.«

»Juhu!«, jubelte Quinn. »Ich darf in der Tierparade mit Buddy laufen!«

Die Tierparade war das Geheimnis, das Quinn seit Wochen hütete. Denn die Gala für die zwölf wuscheligen Weihnachtswichtel war nicht nur für Menschen … sie war auch für die Heimtiere! Alle zwölf Tiere hatten in wenigen Minuten einen Gastauftritt – und als freiwillige Helferin im Tierheim hatte man Quinn gefragt, ob sie eines davon führen wollte.

»Bereit für die Parade?«, fragte Mrs Alvarez und lachte. Sie hielt die Türe auf, und Quinn strahlte beim Anblick ihrer tierischen Freunde übers ganze Gesicht. Auch die Vierbeiner hatte man für den Anlass herausgeputzt, alle trugen eine festliche Samtschleife um den Hals.

Da sprang ihr schon Buddy entgegen. Quinn ging sofort in die Knie, um ihn in die Arme zu schließen. »Hey, Buddy!«, flötete sie. »Wie gut du aussiehst! Und du riechst ja toll!«

»Wir haben heute alle zwölf Tiere gebadet«, erzählte Mrs Alvarez. »Das hättest du sehen müssen, Quinn, überall waren Seifenblasen!«

»Ja, heute wollen sich alle von ihrer besten Seite zeigen.« Quinn kicherte.

Buddy warf den Kopf zurück und bellte laut und fröhlich. Er spürte sehr genau, dass Aufregung in der Luft lag. Und Quinn wusste, warum. Schon seit über einem Jahr lebte Buddy im Tierheim. Die Freiwilligen versuchten, ihm zwar so viel Auslauf – und Liebe – wie möglich zu geben, aber es war schwierig, ihm die Aufmerksamkeit zu schenken, die er verdiente. Da waren ja noch so viele andere Tiere. Die fremde Umgebung und die vielen Leute hier machten diesen Abend für Buddy besonders spannend.

Quinn verstand einfach nicht, warum Buddy noch

keine Familie gefunden hatte. Klar, er war eine Promenadenmischung – Mrs Alvarez glaubte, dass er ein Mix aus Border Collie und Golden Retriever war –, und viele Leute bevorzugten »reinrassige« Hunde. Aber Buddy hatte doch so viel zu bieten! Er war zu jedem freundlich, sogar zu Katzen, er war verspielt und er hatte einen langen Schwanz, der beim Wedeln immerzu *tok-tok-tok* irgendwo dagegenknallte. Und Buddy war schlau. Das erkannte Quinn an dem intelligenten Funkeln in seinen dunkelbraunen Augen und an dem alarmierten Zucken seiner Ohren bei dem leisesten Geräusch.

»Vielleicht ist heute die Nacht der Nächte, Buddy«, flüsterte Quinn ihm ins Ohr. »Vielleicht wartet da draußen schon deine neue Familie … ohne dass wir es ahnen!«

Mrs Alvarez kam mit einer roten Leine in der Hand auf Quinn und Buddy zu. »Bereit?«, fragte sie. »Alle stellen sich jetzt in einer Reihe auf. Die Tierparade startet in fünf Minuten.«

Rasch sprang Quinn auf, strich sich den Rock glatt und richtete sich die Frisur. Dann hakte sie die Leine an Buddys Halsband unter der Samtschleife. »Du siehst zum Verlieben aus, Buddy!«

»Und zum Adoptieren«, meinte Mrs Alvarez mit einem breiten Lächeln.

Kelli, die auch im Tierheim aushalf, reihte die Tiere und ihre Menschen im Flur auf. »Buddy und Quinn«, rief sie. »Ihr kommt hierhin!«

Quinns Herz machte einen seltsamen, kleinen Hüpfer. Sie hatte kein wirkliches Lampenfieber – schließlich war es Buddy, der im Rampenlicht stand –, aber ihre Vorfreude war so groß, es wunderte sie nicht, dass ihre Hände plötzlich zitterten.

Und damit war Quinn nicht allein. Buddy war so aufgeregt, wie sie es noch nie erlebt hatte. Er hatte die Ohren in höchster Alarmbereitschaft gespitzt und schnupperte, als wäre Fütterungszeit.

Als Erstes schritt ein Cockerspaniel namens Mätzchen durch die Tür.

»Du spürst, wie wichtig dieser Abend ist, oder Buddy?«, fragte Quinn mit leiser Stimme und kraulte ihm die seidenweichen Ohren, um ihn zu beruhigen. Buddy zitterte vor Anspannung. Er schaute zu Quinn hoch und leckte ihr mit einer ziemlich feuchten Zunge über die Hand.

Quinn kicherte. »Ja, Buddy, ich weiß. Ich hab dich auch lieb«, gab sie zur Antwort.

Jetzt war Pixie dran. Die junge Katze lag eingewickelt in eine Babydecke in Janelles Armen und schnurrte so laut, dass Quinn sie hören konnte.

Jetzt war nur noch ein Pärchen vor Quinn und Buddy – ein lustiger kleiner Welpe namens Lobo und Lara, die ihn führte.

»Wir sind die Nächsten«, flüsterte Quinn Buddy zu. Bildete sie sich das ein oder nahm auch Buddy Haltung an?

»Quinn und Buddy – los«, raunte Kelli ihnen zu.

Quinn fasste Buddys Leine fester. Ein strahlendes Lächeln erschien auf ihrem Gesicht. Sie warf das Haar zurück und trat, mit Buddy an ihrer Seite, durch die Tür.

Die Scheinwerfer waren heller, als Quinn es in Erinnerung hatte – aber klar, das leuchtete ein, immerhin waren sie auf die Bühne gerichtet.

»Und hier haben wir den treuen Buddy. Geführt wird er von einer unserer Helferinnen, Quinn«, dröhnte die Stimme von Mrs Alvarez durch die Lautsprecher. »Buddy ist ein Mix aus verschiedenen tollen Rassen – wir vermuten Border Collie, Golden Retriever und Labrador. Das erklärt auch, warum Buddy so ein freundlicher, loyaler und lustiger Kerl ist.«

Da blieb Buddy mitten auf dem Laufsteg wie angewurzelt stehen. Er neigte den Kopf. Zwar hörte er die Stimme von Mrs Alvarez – aber er sah sie nicht.

»Komm weiter, Buddy«, zischte Quinn, die Zähne hinter ihrem breiten Lächeln zusammengebissen. »Alle schauen uns an!«

»Für uns unerklärlich bleibt hingegen, warum Buddy schon seit über einem Jahr auf seine neue Familie warten muss«, erzählte Mrs Alvarez weiter. »Im Tierheim haben wir natürlich keine Lieblinge …«

»Wuff!« Buddy bellte – laut und widerhallend – und unterbrach Mrs Alvarez mitten im Satz.

»Aber es ist kein Geheimnis, wie sehr alle Mitarbeiter und Helfer Buddy lieben«, fuhr Mrs Alvarez unbeirrt fort. »Und wenn Sie Buddy adoptieren wollen …«

»Hier lang, Buddy«, sagte Quinn und zog vorsichtig an der Leine. Sie mussten doch nur bis zum Ende des Laufstegs und wieder zurück. Es war nicht einmal weit – höchstens fünfzehn Schritte …

Aber Buddy rührte sich nicht vom Fleck. Einer seiner Lieblingsmenschen sprach da irgendwo, und er konnte ihn nicht finden. Buddy senkte die Nase auf den Boden und versuchte Mrs Alvarez' Spur aufzunehmen. Sein Schwanz wedelte hin und her, hin und her, und pochte dabei dumpf gegen Quinns glitzernde Schuhe. Sie lachte nervös, während sie versuchte, ihn wieder auf Kurs zu bringen, aber plötzlich fühlte es sich an, als wöge Buddy tausend Kilo. Die festliche Schleife um seinen Hals löste sich, und das lange samtene Band wickelte sich um sein Hinterbein.

Die Leute im Publikum lachten über Buddys Possen. Niemand achtete mehr auf Mrs Alvarez.

»... können wir Ihnen versprechen: Sie werden es nicht bereuen!«, endete die Leiterin des Tierheims »Einen Applaus für Quinn und Buddy!«

Als die Menge anfing zu klatschen, passierte es: Buddy hatte Mrs Alvarez doch noch entdeckt. Er stürmte ihr entgegen. In ihren rutschigen Schuhen verlor Quinn das Gleichgewicht, aber Buddy bemerkte davon nichts. Er rannte so aufgeregt auf Mrs Alvarez zu, dass er Quinn einfach hinter sich herschleifte.

»Buddy! Stopp!«, kreischte Quinn. Sie klammerte sich noch fester an die Leine – auch wenn das hieß, dass sie in ihrem besten Partykleid über den Laufsteg gezogen wurde. *Sie* trug die Verantwortung für Buddy, und nichts in der Welt konnte sie dazu bringen, ihn jetzt loszulassen!

Mrs Alvarez' braune Augen weiteten sich vor Schreck. »Buddy«, sagte sie mit warnendem Unterton. »Sitz! BLEIB!«

Es funktionierte – fast schon zu gut. Buddy bremste schlitternd ab, die breiten Pfoten glitten ihm in alle vier Richtungen davon. Er rutschte über den Laufsteg und Quinn mit ihm, bis …

Klatsch! Buddy flog über den Rand der Bühne und landete in einem Häufchen vor Mrs Alvarez' Füßen. Quinn, die Leine immer noch fest umklammert, purzelte hinter ihm her.

Die Menge keuchte, und mehrere Leute eilten herbei, um Quinn auf die Beine zu helfen.

»Alles okay, alles okay«, versicherte sie ihren Helfern. Quinn hob die Hände, in der einen hielt sie immer noch Buddys kirschrote Leine. »Nichts passiert.«

»Ich habe es ja schon erwähnt – freundlich, loyal und lustig«, sagte Mrs Alvarez ins Mikrophon, als Buddy ihr die Hand ableckte. Das Publikum lachte. »Quinn ist übrigens die Künstlerin, die hinter unseren hinreißenden Christbaumkugeln steckt, die heute zur Versteigerung stehen.«

Eine Frau in einem hübschen silbernen Festkleid drehte sich überrascht zu Quinn um. »Du hast all die

Christbaumkugeln mit den Tiermotiven gemalt?«, fragte sie.

Quinn nickte mit einem verlegenen Lächeln. Mrs Alvarez bedeutete Kelli mit einer Handbewegung, dass Buddy zurück hinter die Bühne gebracht werden musste.

»In die habe ich mich ja *sofort* verliebt«, plapperte die Frau. Sie winkte ihre Freundinnen am anderen Ende des Saals herbei. »Caryn! Jackie! Das ist das Mädchen, das die Kugeln bemalt hat!«

Ein paar Leute drehten sich um und schauten, als sich weitere Frauen bei Quinn versammelten. Quinn errötete. Für den Abend hatte sie wirklich genug davon, im Mittelpunkt zu stehen.

»Nimmst du auch Bestellungen an?«, wollte jemand wissen. »Ich hätte liebend gern eine Kugel von meiner Siamkatze, Cindy Lou. Eine blaue, passend zu ihren Augen.«

»Ich …«, begann Quinn.

»Genau! Gute Idee!«, rief eine andere Frau. »Ich habe zwei Hunde, also brauche ich natürlich für jeden eine Kugel.«

»Das wäre ein tolles Weihnachtsgeschenk«, meinte ein Mann. »Meine Mutter vergöttert ihren Toy-Pudel geradezu. Ohne ihn verlässt sie nicht das Haus. Und andauernd zieht sie ihm diese albernen Jäckchen an …«

»Trag mich auch für zwei Kugeln ein«, rief eine andere Frau dazwischen. »Wie viel macht das?«

Quinns Kopf war auf einmal wie leergefegt. Wie viel sollte sie verlangen? Sie hatte keine Ahnung. »Ich, ähm …«, stammelte sie.

Glücklicherweise war Miss Morimoto nicht weit. »Wenn Sie Interesse an einer Bestellung haben, tragen Sie sich bitte hier mit Ihrer E-Mail-Adresse ein«, sagte sie und zückte ein Blatt Papier. »Die Künstlerin wird sich in ein paar Tagen mit einem Preisangebot bei Ihnen melden.«

»Danke«, flüsterte Quinn Miss Morimoto zu, als sich die Leute um die Liste drängten. Die Tierparade ging weiter; gerade schob eine der Helferinnen Paisley und ihre Jungen Polka und Pünktchen in einem Kinderwagen über die Bühne. So wie die Zuschauer »Oh« und »Ah« machten, schien es Quinn, dass die wuscheligen Weihnachtswichtel gut ankamen. Jetzt konnte Quinn nur noch hoffen, dass der Ansturm aufs Tierheim so groß sein würde wie der auf ihre Christbaumkugeln!

3

Montags nach der Schule ging es für Quinn direkt zu ihrer Schicht ins Tierheim. Als sie die Tür aufschob, begrüßte sie das weihnachtliche Gebimmel von Glöckchen. »Das ist neu!«, rief Quinn und schaute hoch zu der Kette aus Messingglocken, die über der Tür hing.

»Tommy ist über die Ferien nach Hause gekommen, und das Weihnachtsfieber hat ihn gepackt«, erklärte Mrs Alvarez lachend. »Ich glaube, so viel haben wir noch nie dekoriert.« Ihr Sohn Tommy ging auf die Uni, aber wenn er freihatte, half er gern im Tierheim aus.

»Ich finde es toll!«, seufzte Quinn. Das Tierheim sah aus wie ein Weihnachtswunderland. Glitzernde Girlanden baumelten von der Decke, und ein großer Kranz mit Lichterkette hing hinter dem Empfang. Am schönsten aber fand Quinn das Wartezimmer. Die alten Plastiksitze hatte man durch Polsterstühle ersetzt, und Tommy hatte neben dem Fenster einen elektrischen Kamin angebracht, inklusive mehrerer Strümpfe über den glühenden Kohlen. Ein Chanukkaleuchter zierte das Bord über dem Kamin. Es standen sogar ein Glas Milch und Kekse für den Weihnachtsmann auf dem Tisch – nur dass die Kekse eigentlich Hundekuchen waren.

»Wo kommen denn die Möbel her?«, wunderte sich Quinn.

Mrs Alvarez lächelte. »Meine Schwester hat einen Secondhandladen«, erklärte sie. »Tommy hatte die Idee, das Wartezimmer über die Ferien in ein Wohnzimmer zu verwandeln, und Maritza hat ihm ein paar Stücke gegeben, die sich nicht verkauft haben. Mir gefällt es richtig gut … Vielleicht sollten wir es auch nach den Ferien so lassen.«

»Auf jeden Fall!«, stimmte Quinn zu. »Die Leute könnten hier Zeit mit ihrem Tier verbringen, während sie sich überlegen, ob sie es nehmen. Da fühlt man sich eher zu Hause.«

»Und das ganze Tierheim wirkt freundlicher«, sagte Mrs Alvarez. »Und das ist gut, weil ich glaube, dass es diesen Monat ganz schön zugehen wird! Hast du gestern die Zeitung gesehen?«

Quinn schüttelte den Kopf.

»Wir haben es aufs Titelblatt geschafft!«, sagte Mrs Alvarez und reichte Quinn die Zeitung. Und tatsächlich, da war die Schlagzeile – *Zwölf wuschelige Weihnachtswichtel warten auf Sie* – und dazu ein großes Foto von Mrs Alvarez, Lena und Lobo bei der Tierparade.

»Ich bin nur froh, dass sie kein Foto genommen haben, das zeigt, wie ich auf die Nase falle«, scherzte Quinn.

Mrs Alvarez wurde auf einmal ernst. »Wie geht es dir heute? Irgendwelche Blessuren oder blauen Flecke?«

»Nee. Alles super«, versicherte ihr Quinn. »Und ich finde, die Sache hatte auch ihr Gutes.«

»Wirklich?«, fragte Mrs Alvarez.

»Ja. Ich meine, hätte Buddy mich nicht von der Bühne gezogen und diesen Aufruhr veranstaltet, dann hätten die Leute vielleicht gar nicht gemerkt, dass ich die Christbaumkugeln bemalt habe«, erklärte Quinn. »Ich habe *siebenundvierzig* Bestellungen!«

»Machst du Witze?«, rief Mrs Alvarez.

»Ich konnte es auch nicht glauben«, sagte Quinn. »Miss Morimoto hat mir erklärt, wie ich den Preis berechnen soll. Sie hat gemeint, dass ein Künstler nicht umsonst arbeiten darf, also haben wir ausgerechnet wie viel das Material kostet, wie lange ich brauche, und wie viele Leute etwas kaufen wollen – das hat sie *Nachfrage* genannt …«

»Das gefällt mir«, sagte Mrs Alvarez. »Ich bin so stolz auf dich, Quinn! Sieh dich nur an, du hast dein eigenes Geschäft!«

»Die Hälfte der Einnahmen will ich auf jeden Fall dem Tierheim spenden«, meinte Quinn.

Mrs Alvarez streckte die Arme nach ihr aus und drückte sie. »Bist du sicher, Schätzchen?«, fragte sie. »Du hast dem Tierheim doch schon so viel gegeben.«

»Klar«, sagte Quinn mit Nachdruck. »Aber … wenn es Ihnen recht ist … würde es Ihnen etwas ausmachen, wenn ich den Rest behalte?«

»Natürlich ist mir das recht«, rief Mrs Alvarez sofort. »Sparst du für etwas Bestimmtes?«

Ein freudiges Glitzern erschien in Quinns Augen. »Ja!«, sagte sie. »Kurz bevor die Schule angefangen hat, ist meine beste Freundin Annabelle nach Kalifornien gezogen. Wenn ich es bis Weihnachten schaffe, alle 47 Christbaumkugeln zu bemalen, müsste das für ein Flugticket reichen, und ich könnte sie in den Frühlingsferien besuchen.«

»Das ist ja toll, Quinn!«, meinte Mrs Alvarez. »Ich kann mir gut vorstellen, wie sehr du sie vermisst. Und sie vermisst dich bestimmt auch!«

»Sei's drum! Wie kann ich heute helfen?«, fragte sie.

»Mal sehen«, murmelte Mrs Alvarez nachdenklich. »Die Zwinger haben am Wochenende eine Grundreinigung bekommen, und die Tiere wurden am Freitag gekämmt und gebadet ...«

»Inventur?«, meinte Quinn. »Soll ich überprüfen, wie viel Tierfutter wir noch im Lager haben?«

»Da hab ich eine bessere Idee«, sagte Mrs Alvarez. »Ich übernehme die Inventur. Warum arbeitest du nicht ein bisschen an der Sozialisierung? Mit unseren zwölf Wichteln?«

»Meine liebste Arbeit!«, jubelte Quinn. Sie wusste wohl, dass sie im Tierheim die Aufgaben übernehmen musste, die man ihr zuteilte. Aber es war kein Geheimnis, dass Quinn nichts mehr liebte, als mit den Tieren zu spielen. Und wie sich herausstellte, war Sozialisierung der lustigste Job überhaupt. Da war von allem etwas dabei: Einem Welpen beibringen, an der Leine zu laufen, oder klitzekleine Kätzchen knuddeln. Aber vor allem lernten die Tiere, sich mit Menschen anzufreunden – und geliebt zu werden.

»Danke!«, rief Mrs Alvarez Quinn nach, als sie sich in den Katzenflügel aufmachte. Sie lief den Gang zwischen den Käfigen hinunter und überlegte, mit welchem Tier sie zuerst spielen sollte. Alle spielten gerne mit Paisley und ihren Kätzchen Polka und Pünktchen. So wie sie schlummerten, hatten die drei wohl genug, fand Quinn. Rufus, ein großer orangefarbener Kater, öffnete ein Auge und gähnte Quinn ins Gesicht, als sie vorbeiging. »Schon gut, schon gut«, kicherte Quinn. »Ich lass dir deinen Schönheitsschlaf.«

Da so viele Katzen dösten, machte sich Quinn auf den Weg zum Hundeflügel. Zwei Hunde, Tops und Tipi, waren spazieren – das wusste Quinn, weil eine andere Helferin das vermerkt hatte.

Da fiel Quinns Blick auf Buddy, und ihr Herz machte einen seltsamen kleinen Hüpfer. Er lag zusammengerollt in einer Ecke seines Zwingers und zeigte nicht das geringste Interesse an den Schritten, die da in seine Richtung kamen.

Und schon stand Quinns Entscheidung fest.

Mit großen Schritten ging sie zu Buddys Zwinger und schlüpfte hinein. »Hey, Buddy«, gurrte sie.

Tok-tok-tok!

Sofort war Buddy munter. Einen Wimpernschlag später war er auf den Beinen und klopfte mit seinem wild wedelndem Schwanz gegen die Zwingerwand. Er sprang Quinn entgegen und stupste sie mit der Nase an.

»Ja, ich freue mich ja auch, dass du da bist«, lachte Quinn. Aber gleichzeitig war sie ein wenig beunruhigt. Buddy hatte nicht einmal den Blick gehoben und geschaut, wer da kam, als Quinn den Hundeflügel betreten hatte. Und sie wusste, warum. Nachdem er schon so lange im Tierheim lebte, ließ er seine Hoffnung nicht mehr zu hoch fliegen.

Aber nur weil ihn bis jetzt niemand adoptiert hatte, hieß das ja nicht, dass es niemals geschehen würde. Wenn Buddy allerdings den Besuchern keine Aufmerksamkeit schenkte ... würden sie trotzdem auf ihn aufmerksam werden?

Quinn seufzte und streichelte ihm den Kopf. Buddy war so ein toller Hund. Wie nur sollte sie den Leuten *den* Buddy zeigen, den sie so gut kannte?

Da klingelten die Glöckchen.

Jemand war an der Tür!

4

»Warte«, raunte Quinn Buddy zu. »Ich bin sofort zurück!«

Sie huschte aus Buddys Zwinger und eilte zur Tür. Eine Frau mittleren Alters und ihr Sohn standen am Empfangstresen und schauten sich um.

»Willkommen im Tierheim Marion«, sagte Quinn lächelnd. »Wie kann ich Ihnen helfen?«

»Wir kriegen einen Hund!«, schrie der kleine Junge vergnügt und hüpfte dabei so wild auf und ab, dass ihm seine rote Baseballkappe vom Kopf fiel.

»Langsam, langsam«, rief seine Mutter lachend und hob abwehrend die Hände. »Beruhige dich erst mal, Charlie.«

Quinn lächelte. »Möchten Sie ein paar von unseren Tieren kennenlernen?«, fragte Quinn. »Ich kann Sie herumführen.«

»Danke«, antwortete die Frau. »Ich bin Mrs Ferrino. Und das ist mein Sohn Charlie.«

»Ich bin Quinn. Ich helfe hier seit September aus«, erklärte Quinn. »Mrs Alvarez, die Leiterin vom Tierheim, ist jeden Moment wieder da, wenn Sie irgendwelche Fragen zum Ablauf der Adoption haben.«

»Wo sind die Hunde? Darf ich sie streicheln?«, fragte Charlie, der schon wieder hüpfte.

»Ruhig Blut, Cowboy«, sagte Mrs Ferrino und brachte Quinn damit zum Lachen.

»Sie sind gleich da hinten«, erklärte Quinn Charlie. »Hattest du schon mal einen Hund?«

»Nein, aber ich habe mir schon immer einen gewünscht«, antwortete Charlie. »Ich liebe Hunde! Wenn wir einen Hund bekommen, dann darf er in meinem Bett schlafen, und ich gehe viermal am Tag mit ihm spazieren, und er kriegt gutes Futter, und wir werden die besten Freunde.«

Quinns Lächeln wurde noch breiter, als sie sah, wie begeistert der Junge war – aber etwas an Mrs Ferrinos Miene ließ sie stutzen.

Mrs Ferrino legte Charlie sanft eine Hand auf die Schulter und sagte leise: »Du weißt doch noch, was wir besprochen haben.«

Da stand Charlie wieder still. Er nickte. Jetzt kam Quinn nicht mehr mit.

»Es tut mir leid«, meinte Mrs Ferrino. »Ich hätte das früher erwähnen sollen … Der Hund ist nicht direkt für uns.«

»Oh«, erwiderte Quinn. »Also … kommen Sie nur zu Besuch?«

»Eigentlich denkt meine Arbeitsstelle darüber nach, einen Hund anzuschaffen«, erklärte Mrs Ferrino. »Ich arbeite als Altenpflegerin in der betreuten Wohngemeinschaft *Candlewick*. Wir haben viel darüber geredet, einen Hund für die Bewohner zu adoptieren. Ein Tier um sich zu haben wäre wirklich gut für sie, aber die Bewohner wären der Verantwortung wohl nicht ganz gewachsen.«

»Es *ist* auch viel Arbeit – besonders das Spazierengehen im Winter«, sagte Quinn und nickte zustimmend.

»Trotzdem weiß ich, wie sehr unsere Bewohner es vermissen, ein Haustier zu haben«, meinte Mrs Ferrino. »Hätten sie einen Hund zum Spielen und Liebhaben, würden sie sich in *Candlewick* noch heimischer fühlen.«

»Eine tolle Idee!«, sagte Quinn. Sie überlegte angestrengt, welcher Tierheimhund hier passen könnte. »Was für einen Hund stellen Sie sich denn vor?«

»Also …«, begann Mrs Ferrino.

»Einen Welpen! Einen Welpen! Einen Welpen!«, jauchzte Charlie.

Seine Mutter legte ihm einen Arm um die Schulter. »Wir können uns die Welpen heute anschauen, aber ich glaube, ein Welpe ist für unsere Bewohner ein bisschen zu wild«, antwortete sie. Dann wandte sie sich wieder an Quinn. »Vielleicht ein mittelgroßer Hund – kein Riese«, fuhr sie fort. »Und kein Welpe – aber doch ein jüngerer Hund.«

»Und die Persönlichkeit?«, wollte Quinn noch wissen.

»Auf jeden Fall sanftmütig«, sagte Mrs Ferrino. »Und lieb. Die meisten der Senioren mögen es ruhiger – und das muss dem Hund auch liegen.«

»Das ergibt Sinn«, meinte Quinn. »Dann stelle ich Ihnen mal ein paar Hunde vor! Im Augenblick haben wir auch eine Aktion – Die zwölf wuscheligen Weihnachtswichtel …«

»Ja, genau!«, sagte Mrs Ferrino. »Davon habe ich im Radio gehört. Eigentlich habe ich nur deshalb beschlossen, dass ich heute mal vorbeischaue, nachdem ich Charlie von der Schule abgeholt habe.«

Ja!, jubelte Quinn innerlich. Aber sie wollte so professionell wirken wie Mrs Alvarez, deswegen lächelte sie nur und sagte: »Toll! Dann wissen Sie ja schon, dass Sie, wenn Sie einen unserer Weihnachtswichtel nehmen, einen Nachlass bei der Vermittlungsgebühr erhalten. Und hier leben unsere Hunde und Welpen, bis sie ihr endgültiges Zuhause finden. Wenn Sie einen von ihnen näher kennenlernen wollen, sagen Sie einfach Bescheid.«

Quinn hatte schon so oft gesehen, wie Mrs Alvarez Besucher herumführte, dass sie genau wusste, wann sie gefragt war – und wann sie sich lieber zurückhalten sollte. Genau das tat sie jetzt, so dass Mrs Ferrino und Charlie die Möglichkeit hatten, sich selbst umzusehen. Wenn sie Schwierigkeiten hatten, würde Quinn liebend gern mit Vorschlägen helfen. Aber normalerweise fanden die Leute selbst ihr perfektes Haustier.

Tok-tok-tok!

Quinn horchte sofort auf. Sie wusste genau, woher dieses Geräusch kam – Buddy wedelte mit dem Schwanz! Konnte das sein? Hatte Buddy endlich seine Familie gefunden? Zwar war das nicht das Zuhause, das Quinn sich für ihn vorstellte – aber lauter ältere Menschen, die ihn verwöhnten, war vielleicht genau das, was Buddy nach all der Zeit im Tierheim verdient hatte.

»Mom! Mom!«, rief Charlie. »Der gefällt mir! Können wir ihn kennenlernen?«

»Okay«, stimmte Mrs Ferrino zu.

Quinn trat vor und öffnete Buddys Zwinger. Er hüpfte direkt zu Charlie und schleckte ihm über die Wange. Charlie fing an zu kichern und vergrub die Hände in Buddys weichem Fell.

Und Buddy? Er hatte noch nie glücklicher ausgesehen!

»Das ist ja ein lieber Hund«, meinte Mrs Ferrino. »Wie alt ist er denn?«

»Da sind wir uns nicht ganz sicher«, begann Quinn, »aber unser Tierarzt schätzt ihn auf sieben oder acht Jahre.«

Mrs Ferrinos Lächeln wurde eine Spur schmaler. »Oh.«

Das war kein gutes Zeichen, so viel wusste Quinn. »Er ist ein toller Hund«, sagte sie schnell. »Einer meiner liebsten Hunde *überhaupt*!«

Mrs Ferrino schaute sie freundlich an. »Das glaube ich gerne!«, antwortete sie. »Aber wir hätten für *Candlewick* gerne einen jüngeren Hund. Das wird eine große Umstellung für das Tier, weißt du. Für einen älteren Hund könnte es schwierig werden sich einzugewöhnen.«

Quinn nickte langsam. Das verstand sie – auch wenn ihr eine andere Antwort lieber gewesen wäre. *Denk dran, wir wollen ein Haustier finden, das zur Situation passt,* ermahnte sie sich selbst. *Und nicht etwas erzwingen, was nicht sein soll.*

»Wir haben hier viele Hunde, die eine Familie suchen«, sagte Quinn. »Wie wäre es mit ... mal sehen ... vielleicht Nana?«

Mrs Ferrino lachte. »Nana? Das passt ja gut. Nana heißt auf Englisch Oma, und Großmütter haben wir viele in *Candlewick*.«

Auch Quinn musste lachen. »Nana wurde nach dem Hund aus *Peter Pan* benannt«, erklärte sie. »Sie wissen schon, der auf Wendy und ihre Brüder aufpasst? Aber Sie können den Namen natürlich ändern.«

»Komm mit, Charlie«, meinte Mrs Ferrino. »Lass uns Nana kennenlernen.«

Man konnte Charlie die Enttäuschung ansehen. »Kann ich noch bei Buddy bleiben?«, fragte er. »Schau – ich glaube, er mag mich.«

»Oh, da bin ich ganz sicher«, meinte Quinn zu Charlie. Es war nicht zu leugnen – so wie Buddy sich auf den Rücken gedreht hatte, damit Charlie ihm den Bauch kraulen konnte, und so wie ihm die Zunge aus dem Maul hing, stand fest: Buddy hatte sich in Charlie verguckt.

»Nana ist nur zwei Zwinger weiter«, erklärte Quinn. »Sie ist ein Golden-Retriever-Mischling und drei Jahre alt. Und außerdem ist sie so süß! Wir haben sie Nana genannt, weil sie sich gerne um die anderen Tiere kümmert. Manchmal sind die neuen Hunde, wenn sie hier ankommen, richtig verängstigt. Und Nana legt sich dann einfach dazu und kuschelt mit ihnen und gibt ihnen Sicherheit.«

»Wirklich?«, meinte Mrs Ferrino. »Das ist ja unglaublich!«

»Da ist sie«, sagte Quinn und öffnete ihren Zwinger. »Nana! Komm und sag hallo!«

Mrs Ferrino ging in die Hocke und streckte der Hündin eine Hand entgegen. »Hi, Nana«, sagte sie leise.

Nana stand auf, wedelte mit dem Schwanz und schnupperte an ihrer Hand. Mrs Ferrinos Lächeln wurde noch breiter.

»Wow, sie ist wirklich ein Schatz«, sagte sie und strich über Nanas seidiges Fell.

»Dann lernen Sie sich mal in Ruhe kennen. Rufen Sie einfach, wenn Sie etwas brauchen«, sagte Quinn noch, bevor sie sich umdrehte, um nach Buddy und Charlie zu sehen. Ihr fiel allerdings Mrs Ferrinos Gesichtsausdruck auf – sie hatte das Gefühl, dass Mrs Ferrino und Nana gut zurechtkommen würden.

In Buddys Zwinger lag der Rüde ausgestreckt auf Charlies Schoß. Charlie schien das allerdings nichts auszumachen. Eifrig erzählte er Buddy von seinem liebsten Videospiel.

»Wie läuft's?«, fragte Quinn und hockte sich neben dem Jungen auf den Boden.

»Gut«, antwortete Charlie. »Buddy und ich sind jetzt Freunde.«

»Das glaube ich gern«, meinte Quinn. »Du kannst toll mit Hunden umgehen. Hast du wohl ein Haustier?«

Charlie schüttelte den Kopf. »Aber mein Onkel hat einen Hund. Er heißt Smoky, und ich darf mich immer um ihn kümmern, wenn ich ihn besuche«, sagte er. »Und einmal war mein Onkel auf einer Dienstreise, und da kam Smoky drei Tage zu uns nach Hause!«

»Wow!«, lächelte Quinn. »Ich wette, ihr hattet jede Menge Spaß.«

»Es war *super*«, antwortete Charlie. »Ich habe mich wirklich gut um Smoky gekümmert. Und ich habe viel darüber gelernt, wie es ist, einen Hund zu haben.«

Einen Augenblick lang schwiegen beide.

»Vielleicht bekomme ich eines Tages meinen eigenen Hund«, sagte Charlie dann.

»Bestimmt«, meinte Quinn. »Und wenn du ein bisschen älter bist, kannst du im Tierheim aushelfen – so wie ich! Dann kannst du mit den Hunden spielen, so oft du willst.«

Charlies Miene hellte sich ein wenig auf, gerade als Mrs Ferrino zurückkam.

»Und, wie …«, begann Quinn, aber sie musste ihren Satz nicht beenden. Mrs Ferrinos Lächeln sagte alles, was sie wissen musste.

»Ich glaube, wir haben die neue Bewohnerin von *Candlewick* gefunden!«, verkündete Mrs Ferrino fröhlich. »Nana ist der perfekte Hund für uns. Ich bin sicher, dass alle – die Bewohner und das Personal – sie so ins Herz schließen werden wie ich!«

»Das ist ja super!«, jubelte Quinn. »Wenn Sie mir

folgen wollen, könnten Sie gleich den Antrag ausfüllen. Die Bearbeitung dauert nur ein, zwei Tage, dann ist die Adoption abgeschlossen.«

»Mom?«, bat Charlie. »Kann ich so lange hierbleiben … bei Buddy?«

Mrs Ferrino zögerte kurz. »Ähm – klar – wenn Quinn einverstanden ist …«

»Kein Problem«, sagte Quinn schnell. Charlie und Buddy sahen zusammen so glücklich aus. Eigentlich sahen sie aus, als würden sie zusammengehören.

5

Am nächsten Tag in der Schule achtete Quinn darauf, möglichst früh beim Kunstunterricht zu erscheinen. Sie musste Mr Spaulding um einen Gefallen bitten – einen großen Gefallen – und dafür wollte sie ihn nicht auf dem falschen Fuß erwischen.

Im Kunstsaal stand schon alles für ein neues Thema bereit: Skulpturen. Auf jedem Arbeitstisch lagen ein Stück feuchter Ton und eine Auswahl an ziemlich cool wirkenden Werkzeugen wie Haken, Schlingen und Holzstäbchen. Das alles erschien ihr interessant, und Quinn hätte das Töpfern so gerne selbst ausprobiert, dass sie ihren besonderen Wunsch fast aufgegeben hätte.

Aber nur fast.

Ihre Mitschüler tröpfelten nach und nach in den Saal und suchten sich einen neuen Platz. Eine der Regeln von Mr Spaulding lautete, dass vor jedem neuen Thema die Plätze getauscht werden mussten.

»Künstler müssen die Welt aus verschiedenen Blickwinkeln betrachten«, hatte er gesagt. »Ihr wollt doch nicht auf demselben Stuhl immer die ewig gleichen Sachen anschauen.«

Eliza Evans, eines der beliebtesten Mädchen der ganzen Schule, ließ ihren Rucksack auf den Platz neben Quinn fallen.

»Hey«, sagte Quinn und hob grüßend die Hand.

»Hey«, antwortete Eliza. Sie warf einen neugierigen Blick auf die Schachtel, die Quinn vor sich auf den Tisch gestellt hatte. »Was ist das? Ein frühes Weihnachtsgeschenk?«

»Nicht ganz«, sagte Quinn und lachte. »Eigentlich ist das …«

In dem Moment kam Mr Spaulding herein. Quinn schnappte sich die Schachtel und sprang so abrupt auf, dass ihr Stuhl quietschend über den Boden schlitterte. Sie musste Mr Spaulding schnell erwischen – bevor er die Stunde begann –, wenn sie ihre Bitte vorbringen wollte.

»Mr Spaulding?«, rief Quinn, als sie zu dem Lehrer eilte. »Kann ich Sie kurz etwas fragen?«

»Sicher«, sagte er, als er nach seinem Kittel griff. »Ist alles in Ordnung?«

»Ja«, antwortete Quinn. »Ich wollte nur … Ich wollte Sie um einen Gefallen bitten.«

Mr Spaulding zog eine Augenbraue hoch und nickte. »Nur zu.«

»Wäre es … wäre es in Ordnung, wenn ich statt am Skulpturthema an meinem eigenen Projekt arbeite?« Die Worte purzelten ihr in einem Schwall aus dem Mund. »Die Arbeit an den Skulpturen hole ich dann in den Weihnachtsferien nach, damit ich nichts versäume.«

Mr Spaulding runzelte die Stirn. »Für solche Fälle habe ich eigentlich strenge Regeln, Quinn«, meinte er. »Wenn ein Schüler ein Thema auslassen will, wollen als Nächstes alle etwas auslassen.«

Quinn wurde schwer ums Herz. *Ich schätze, das braucht mich nicht zu wundern*, dachte sie. *Von den anderen Lehrern hätte mich auch keiner vom Haken gelassen.*

»Aber ich bin ja bekannt dafür, in Ausnahmefällen auch eine Ausnahme zu machen«, fuhr Mr Spaulding fort. »Warum musst du während des Unterrichts an einem eigenen Projekt arbeiten, Quinn?«

Quinn öffnete ihre rote Schachtel und zeigte ihm ihre Arbeit. »Über Thanksgiving habe ich ein paar Christbaumkugeln bemalt und dem Tierheim von

Marion gespendet«, erklärte sie. »Und sie sind wirklich gut angekommen! Bei der Gala letzten Samstag gab es siebenundvierzig Bestellungen!«

»Wow!«, sagte Mr Spaulding. »Beeindruckend – aber nicht überraschend. Die sehen toll aus, Quinn. Du kannst stolz auf dich sein.«

»Danke«, sagte Quinn und strahlte vor Freude über das Lob. »Das Problem ist nur – das sind ziemlich viele Christbaumkugeln. Und mein Dad sagt, ich darf zu Hause mit dem Bemalen erst anfangen, wenn die Hausaufgaben erledigt sind.«

»Klingt vernünftig«, nickte Mr Spaulding.

»Ich schätze, ich stehe einfach ein bisschen unter Druck, weil die Kugeln ja vor Weihnachten fertig werden müssen«, erklärte Quinn weiter. »Besonders, weil ich die Hälfte vom Gewinn dem Tierheim spenden will.«

Mr Spaulding tippte sich nachdenklich ans Kinn. Während Quinn auf seine Entscheidung wartete, erlaubte sie sich ein klitzekleines bisschen Hoffnung.

»Dein Anliegen ist recht überzeugend«, sagte er schließlich. »Das ist auf jeden Fall ein zeitintensives Projekt für einen *wirklich* guten Zweck. Einen Zweck, der mir selber am Herzen liegt, sollte ich vielleicht hinzufügen. Meine Katze Penny habe ich vor neun Jahren aus dem Tierheim geholt.«

»Echt?«, rutschte es Quinn heraus.

»Ich kann mir ein Leben ohne Penny gar nicht mehr vorstellen«, meinte er und lachte leise in sich hinein. »Ja, Quinn, du hast die Erlaubnis, deine Christbaumkugeln während des Unterrichts zu bemalen, unter der Bedingung, dass du die Arbeit an den Skulpturen während der Ferien in deiner Freizeit nachholst.«

»Danke!«, rief Quinn fröhlich. »Ich verspreche, dass ich besonders hart an meiner Skulptur arbeiten werde. Ich … ich mache sogar noch eine Zusatzaufgabe!«

Quinn huschte zurück auf ihren Platz, und Mr Spaulding begann mit dem Unterricht. Seine Einführung in ein neues Thema begann Mr Spaulding immer mit einer Power-Point-Präsentation, was Quinn die Zeit gab, sich all die Dinge zu holen, die sie zum Bemalen der Kugeln brauchte. Sie bemerkte, dass ihre Klassenkameraden neugierig beobachteten, wie sie die Töpferwerkzeuge beiseitelegte und zu Pinsel und Farbe griff. Sogar Eliza neben ihr blickte sie fragend an.

Als Mr Spaulding seine Präsentation beendet hatte,

machten sich die Kinder an den feuchten, schweren Ton – abgesehen natürlich von Quinn.

»Kein Ton?«, fragte Eliza mit gedämpfter Stimme. »Wie das?«

Flüsternd erzählte Quinn ihr von dem Christbaumkugelprojekt.

»Das ist ja unglaublich!«, meinte Eliza, als Quinn fertig war. Sie wirkte ehrlich beeindruckt.

»Danke«, antwortete Quinn. »Im Tierheim aushelfen macht wirklich Spaß, aber natürlich wünsche ich mir, dass alle Tiere ein Zuhause finden. Und die Christbaumkugeln helfen wenigstens dabei, die Kosten zu decken. Und es ist *wirklich* teuer, für so viele Tiere zu sorgen. Du würdest nicht glauben, wie viel Futter Mrs Alvarez jeden Monat bestellen muss. Und der Tierarzt gibt ihr zwar einen Nachlass, aber Medikamente, Operationen und Untersuchungen kosten trotzdem noch eine Menge.«

»Ich wusste gar nicht, dass Kinder im Tierheim aushelfen dürfen«, sagte Eliza.

»Man muss einen Kurs mitmachen, und man braucht die Erlaubnis der Eltern«, erklärte Quinn. »Aber es ist eines meiner liebsten Hobbys. Ich mag Tiere, schon seit ich ganz klein bin … mein Plan war immer, irgendwann mal zwanzig Katzen zu haben!«

»Zwanzig Katzen!«, sagte Eliza, die sich vor Lachen kaum noch halten konnte.

Quinn lächelte verlegen. »Ich weiß schon – ziemlich verrückt«, murmelte sie. »Ich glaube, damals hat mein Vater angefangen, mir die Kunst näherzubringen. Zwanzig Farbkästen sind einfach leichter zu handhaben.«

»Oh, ich lache dich doch nicht aus«, sagte Eliza schnell. »Ich lache, weil ich als kleines Kind einen ganz ähnlichen Plan hatte. Ich wollte eine orangefarbene Katze, eine graue Katze, eine getigerte Katze, eine schwarzweiße Katze …«

Jetzt musste Quinn auch lachen. »Eine Katzensammlung!«, sagte sie.

»Sammle sie alle!«, fügte Eliza hinzu und lachte noch heftiger.

»Mädchen …«, ermahnte Mr Spaulding sie.

Quinn und Eliza hörten sofort auf zu lachen und machten sich wieder an die Arbeit. Mr Spaulding gefiel es, wenn die Schüler Freude an seinem Kunstunterricht hatten … aber er zögerte auch nicht, sie zu ermahnen, wenn es ausuferte.

»Und was machst du dann im Tierheim?«, fragte Eliza. »Sind das nur so Sachen wie Zwinger putzen und Katzenklo saubermachen?«

»Manchmal schon«, gab Quinn zu. »Aber die meiste Zeit kann ich mit den Tieren spielen, damit sie wieder lernen, Menschen zu vertrauen. Hin und wieder mache ich auch Telefondienst oder ordne den Papierkram. Kommt drauf an, wobei Mrs Alvarez an dem Tag Hilfe braucht.«

»Meine Eltern und ich überlegen gerade, ob wir uns eine Katze anschaffen«, meinte Eliza nachdenklich. »Ich meine, *sie* überlegen es sich, und ich *bettle* um eine Katze.«

Quinn musste ein Lachen unterdrücken. »Das kenne ich«, sagte sie. »Ich habe meinen Dad bestimmt sechs Monate lang angefleht, bis ich meine Katze Piper bekommen habe.«

»Sie wissen nicht, ob ich schon *verantwortungsvoll* genug bin«, erklärte Eliza und verdrehte die Augen. »Aber wie soll ich ihnen denn beweisen, dass sie sich auf mich verlassen können, wenn sie mir keine Chance dazu geben?«

»Genau!«, rief Quinn. Da kam ihr eine Idee. »Weißt du, wenn man ein Haustier aus dem Tierheim holt, es aber irgendwie nicht klappt, dann kann man das Tier innerhalb von einem Jahr zurückgeben.«

»Echt?«, fragte Eliza. »Machen das Leute?«

»Manchmal«, sagte Quinn. »Klar, ideal ist das nicht, und niemand würde sich das wünschen, aber hin und wieder passt es einfach nicht.«

»Wie traurig.«

»Schon. Aber, was ich gemeint habe – du kannst deinen Eltern doch einfach sagen, dass sie die Katze zurück ins Tierheim bringen können, wenn du dich nicht genug kümmerst«, erklärte Quinn.

»Das ist ja genial«, rief Eliza. »Ich frage mich, ob sie darauf anspringen.«

»Ein Versuch kann nicht schaden«, sagte Quinn.

»Ich verstehe es ja, dass meine Mom nicht gerade scharf darauf ist, auch noch ›Katzenklo saubermachen‹ auf ihre tägliche To-Do-Liste zu schreiben«, meinte Eliza. »Sie hat ja genug Arbeit und Zeug zu erledigen. Aber ich glaube nicht, dass mir das etwas ausmachen würde.«

»Es ist wirklich nicht so schlimm, wenn man sich erst einmal daran gewöhnt hat«, erklärte Quinn. Da kam ihr noch eine Idee. »Du könntest mich doch mal im Tierheim besuchen?«

Kaum waren die Worte ausgesprochen, fühlte Quinn sich komisch. Hatte sie gerade wirklich das beliebteste Mädchen der siebten Jahrgangsstufe gefragt, ob sie mit ihr im Tierheim abhängen wollte?

»Nicht für einen Kurs im Katzenklo-Putzen oder so was«, plapperte Quinn weiter, die sich mit jedem Wort dümmer vorkam. »Nur um mit den Kätzchen zu spielen. Oh! Wir haben gerade eine Katzenmama mit zwei Jungen. Die sind so *süß*! Du wirst sie lieben. Ich meine, wenn du mal vorbeischauen willst. Oder auch nicht.«

»Klar«, sagte Eliza und nickte. »Klingt cool. Ich war noch nie im Tierheim und würde gerne mal reinschauen. Wann bist du denn dort?«

»Das hängt meistens davon ab, wie viele Hausaufgaben wir aufhaben«, antwortete Quinn. »Aber ich bin wahrscheinlich morgen Nachmittag da. Und dann wieder am Freitag.«

»Cool«, sagte Eliza. »Ich sehe mal, ob ich kommen kann.«

»Die neue Sitzordnung scheint euch ja gut zu gefallen«, sagte Mr Spaulding freundlich. Wieder ein Hinweis darauf, dass sie ein bisschen zu viel quatschten.

»'tschuldigung«, murmelte Quinn, bevor sie sich

wieder mit ganzer Aufmerksamkeit der Christbaumkugel widmete, an der sie gerade arbeitete: eine metallisch-grüne für eine Schildkröte. Ihr war wohl bewusst, dass Mr Spauldings Erlaubnis, die Kugeln während des Unterrichts zu bemalen, eine besondere Gelegenheit war – und die wollte sie nicht vermasseln.

Am nächsten Nachmittag konnte Quinn es nicht lassen, jedes Mal aufzublicken, wenn die Glöckchen an der Tür klingelten. Eliza könnte ja jeden Moment im Tierheim auftauchen. Tat sie aber nicht. Allmählich wurde das Ganze ein bisschen albern – es kam ihr vor, als würden die Glöckchen alle paar Minuten läuten, trotzdem zuckte Quinn bei dem Geräusch immer wieder zusammen. Nachdem sie allerdings schon fast zwei Stunden bei der Arbeit war, musste Quinn der Wahrheit ins Auge sehen: Eliza würde nicht mehr aufkreuzen.

Vielleicht hat sie es vergessen, dachte Quinn. *Vielleicht muss sie für eine wichtige Prüfung büffeln.* Aber der eine Gedanke, den Quinn aus ihrem Kopf verbannen wollte, beschlich sie wie ein ungebetener Gast: Eliza hatte sie versetzt. Quinn versuchte, den Gedanken abzuschütteln. Wenn Eliza nicht mit den Katzen spielen wollte – oder nicht mit ihr abhängen –, konnte Quinn daran nichts ändern.

Auch wenn sie sich deswegen trotzdem irgendwie mies fühlte.

Die Glöckchen bimmelten schon wieder. Und wieder blickte Quinn auf. Und wieder war es nicht Eliza – dafür aber ein anderes bekanntes Gesicht.

»Hey, Charlie«, rief Quinn. »Wie geht's?«

»Heute ist der große Tag«, verkündete Mrs Ferrino, die hinter ihrem Sohn durch die Tür kam. »Mrs Alvarez hat heute Morgen angerufen und gesagt, dass Nanas Adoption bewilligt wurde.«

»Yay!«, jubelte Quinn fröhlich. Adoptionstage waren einfach unschlagbar. »Ich richte schnell Nanas Willkommen-daheim-Tasche her.«

Charlie zupfte am Jackenärmel seiner Mutter. »Kann ich ganz kurz zu Buddy?«, fragte er. »Ich will ihm seine … *Überraschung* geben.«

Mrs Ferrino warf einen Blick auf ihre Armbanduhr.

»Bitte?«, flehte Charlie. »Ich will nur hallo sagen. Er ist jetzt mein bester Freund!«

Mrs Alvarez kam hinter den Empfangstisch.

»Quinn, du kannst Charlie zu Buddy bringen. Ich übernehme das hier«, sagte sie.

»Da hörst du es«, meinte Quinn. »Komm mit, Charlie. Buddy B. wartet schon!«

»Warum nennst du ihn Buddy B.?«, fragte Charlie, als Quinn ihn zu Buddys Zwinger brachte. »Fängt sein Nachname mit B an?«

Quinn schüttelte den Kopf. »Buddy hat keinen Nachnamen«, erklärte sie. »Das ist nur ein doofer Spitzname, den ich mir ausgedacht habe.«

»Wenn Buddy bei mir wohnen würde, dann wäre sein Nachname Ferrino. So wie meiner«, meinte Charlie.

Ihre nächsten Worte wählte Quinn sehr vorsichtig. »Glaubst du, das könnte passieren?«, fragte sie.

Charlie nickte mit leuchtenden Augen. »Ich hoffe es«, vertraute er ihr an. »Ich habe dem Weihnachtsmann einen Brief geschrieben und ihm alles über Buddy erzählt. Also vielleicht …«

»Vielleicht!«, antwortete Quinn.

Tok-tok-tok!

Da war er wieder, Buddys wild wedelnder Schwanz.

»Na dann, ihr beiden«, sagte sie, als sie die Zwingertür aufschob. »Habt viel Spaß!«

»Buddy!«, rief Charlie glücklich. Er stürmte in den Zwinger und schloss Buddy in die Arme. »Oh, Junge, ich hab dich so vermisst! Hast du mich auch vermisst? Ich hab dir ein Geschenk gekauft! Einen quiekenden Weihnachtsmann!«

Quinn trat zurück, behielt Buddy und Charlie aber durch das Glasfenster des Zwingers im Auge. Die beiden hatten zusammen jede Menge Spaß, wie sie da mit dem Kauspielzeug, das Charlie gekauft hatte, herumtollten. Der Junge warf es in die Luft, Buddy schnappte es und schüttelte den Kopf hin und her, so dass der Gummiweihnachtsmann *quiiiieeeek-quiiiieeeek* machte.

Als Quinn ihr Spiel beobachtete, stieg in ihr wieder dieses seltsame Gefühl hoch, dass Buddy vielleicht, nur vielleicht, seine Familie gefunden hatte.

Auch wenn es jetzt noch keiner ahnte.

6

Ihre Hausaufgaben und die Christbaumkugeln nahmen Quinn die nächsten Tage so in Anspruch, dass sie erst wieder am Freitagnachmittag im Tierheim aushelfen konnte. Als sie durch die Tür trat, kam es ihr vor, als sei sie mitten in eine Party geraten! Mrs Alvarez und Tommy trugen glänzende Partyhütchen und lachten fröhlich mit einem Pärchen, das Quinn nicht kannte.

»Hey, habe ich irgendwas verpasst?«, scherzte Quinn, als sie ihren Mantel aufhängte.

»Rufus wird heute adoptiert!«, verkündete Mrs Alvarez. »Darf ich vorstellen, June und James. Ihnen gehört der neue Buchladen in der Grove Street.«

»Rufus? Das ist ja toll!«, rief Quinn. »Glückwunsch! Rufus ist *so* witzig.«

»Er hat auf jeden Fall eine starke Persönlichkeit«, erklärte Mrs Alvarez den neuen Besitzern.

»Das ist uns schon aufgefallen«, antwortete James

und rieb sich das stoppelige Kinn. »Als wir gestern hier waren, hat er uns ins Visier genommen und gemaunzt und gemaunzt. Es war, als wollte er sagen: *Hey Leute, hier bin ich!*«

Alle lachten, am lautesten Quinn. James hatte Rufus sehr treffend beschrieben – und das gab ihr ein gutes Gefühl. Die Adoption würde bestimmt reibungslos verlaufen.

»Noch bevor wir die Buchhandlung eröffnet haben, war uns klar, dass wir für den Laden eine Katze brauchen«, sagte June. »Katzen in Buchläden sind einfach phantastisch.«

»Wenn die Leute beim Stöbern eine Katze entdecken, sind sie total begeistert«, fügte James hinzu.

»Rufus wird es lieben, bei euch im Laden rumzuhängen«, meinte Quinn. »Er hat so gerne Menschen um sich. Den ganzen Tag mit den Kunden zu verbringen ist für ihn bestimmt wie ein wahr gewordener Traum.«

James und June grinsten sich an. »Ich dachte mir schon, dass wir viel gemeinsam haben«, lachte James.

»Wir beide sind auch ziemlich laut und eigensinnig«, fügte June hinzu. »Da fanden wir, dass Rufus gut zu uns passen würde.«

»Und wir lieben Partys«, fuhr James fort. »Dass wir Rufus abholen, schrie ja förmlich nach einem Fest, deswegen haben wir auch die Hütchen mitgebracht.«

»Und Cupcakes!«, sagte Tommy und bot Quinn einen an.

»Willst du einen Partyhut?«, fragte James Quinn.

»Klar!«, antwortete sie und pickte einen glänzenden fuchsiafarbenen Hut aus dem Stapel auf dem Tisch.

»Ich hole Rufus«, verkündete Mrs Alvarez. »Auf dieser Party fehlt der Ehrengast.«

Ein paar Minuten später kam sie zurück, auf den Armen einen riesigen orangefarbenen Kater. Rufus' langer, buschiger Schwanz zuckte hin und her. Er öffnete das Maul, wie um zu miauen, aber stattdessen gähnte er ausgiebig. Alle mussten lachen.

»Willst du einen Hut, Rufus?«, fragte James.

»Nein, das ist unter seiner Würde«, protestierte June. Sie nahm Rufus aus Mrs Alvarez' Armen. »Nicht wahr, Sir Rufus von Ruffington?«

»O ja, sehr würdevoll«, neckte James seine Frau.

Die Glöckchen bimmelten.

»Willkommen auf der Party!«, rief James.

»Oh – hallo – Entschuldigung, stören wir?«, fragte ein hochgewachsener Mann.

»Im Gegenteil! Je mehr, desto besser«, sagte June. »Wir feiern nur die Adoption von meinem neuen Freund Rufi.«

»Rufi?«, stöhnte James. »Das wird ja immer schlimmer.«

»Da ist Rufi anderer Meinung«, erklärte June ernst. »Hörst du etwa nicht, wie laut er schnurrt?«

»Wie kann ich Ihnen helfen?«, fragte Quinn, die zu dem Neuankömmling eilte.

»Ich bin auch wegen einer Adoption hier«, sagte er. »Ein Welpe? Lobo?«

»Oh!«, rief Quinn. »Lobo ist so goldig! Da können Sie sich glücklich schätzen! Er ist wirklich unglaublich süß!«

Der Mann grinste. »Danke! Ich kann es kaum erwarten, ihn mit nach Hause zu nehmen.«

»Hey, würde es Ihnen etwas ausmachen, ein Foto von uns zu schießen?«, fragte June den Mann. »Das kommt alles auf unsere Social-Media-Seiten, schließlich müssen unsere Kunden Rufi-Schnuffi kennenlernen.«

»Klar«, sagte der Mann. »Rückt mal alle zusammen.«

Quinn duckte sich gerade noch rechtzeitig unter dem Bild weg. »Mrs Alvarez macht noch schnell Ihre Papiere fertig – ich hole derweil Lobo«, sagte Quinn.

Quinn konnte nicht anders, als ein Weihnachtslied zu summen, als sie sich auf den Weg zum Hundeflügel machte. Zwei Vermittlungen an einem Tag? Das war unglaublich! Und der Beweis, dass dank ihrer Aktion für die zwölf wuscheligen Weihnachtswichtel etwas vorwärtsging!

Nana, Rufus und Lobo – drei Tiere seit der Gala, dachte Quinn. Wenn es in diesem Tempo weiterging, wären mit Sicherheit alle noch vor Weihnachten vermittelt!

Doch gerade bei dem Gedanken fiel ihr Blick auf Buddy, der sich in einer Ecke seines Zwingers zusammengerollt hatte. Er hob den Kopf nur ganz kurz, als sie vorbeiging. Sein Schwanz machte *tok* – aber nur einmal.

Die Trauer traf sie wie ein Schlag in die Magengrube. »Armer Buddy«, murmelte sie vor sich hin. Sie fragte sich, ob er wohl Charlie vermisste. Hatte Buddy schon die Hoffnung aufgegeben, dass Charlie zurückkommen würde? Den quiekenden Weihnachtsmann hatte Buddy unter seine Pfoten geklemmt. Er sah fast aus wie ein Kind, das sich an seinem Kuscheltier festhält.

Quinn warf einen Blick über die Schulter. Sie hörte Gelächter aus dem Empfangsraum, wo die Feier anscheinend noch in vollem Gange war. Sie wusste zwar, dass der nette Mann auf Lobo wartete … aber ein paar Minuten konnte er sich bestimmt noch gedulden.

Sie schlüpfte in Buddys Zwinger und kniete sich neben ihn. »Keine Sorge, Buddy«, sagte sie. »Ich *verspreche* dir, jemand wird dich adoptieren. Das ist nur eine Frage der Zeit, und schon hast du wieder eine eigene Familie. Und das wird einfach super!«

Tok. Tok.

Zweimal Schwanzwedeln – ein kleiner Fortschritt.

»Und ich werde alles tun, was in meiner Macht steht, um dabei zu helfen«, schwor Quinn.

Klingelingeling!

Die Glöckchen an der Tür bimmelten schon wieder!

Junge, Junge. Auf geht's, dachte Quinn, als sie wieder auf den Gang huschte. Sie lief hinüber zu Lobos Zwinger, nahm ihn auf den Arm und rannte den Flur zum Empfangsraum hinunter, um den Neuankömmling zu begrüßen. Quinn war so in Eile, dass sie auf dem gebohnerten Boden ausrutschte und sie wäre glatt in Lobos neuen Besitzer gestolpert, hätte sie sich nicht noch gerade rechtzeitig an der Theke festgehalten.

»Uuh! 'tschuldigung!«, rief Quinn und überreichte Lobo dem Mann. Lobo erkannte ihn sofort und bedeckte das Gesicht seines neuen Herrchens mit feuchten Hundeküssen.

»Glückwunsch zu ihrem neuen Welpen!«, sagte Quinn. Dann wandte sie sich zur Tür um … und da stand Eliza!

»Oh! Hi!«, rief Quinn.

»Hey«, antwortete Eliza mit einem kleinen Winken. »Tut mir leid, dass ich es nicht früher die Woche geschafft habe. Mein Eislauftraining ging länger als sonst.«

»Eislaufen? Das ist cool«, meinte Quinn. »Ich wusste gar nicht, dass du das machst.«

»Ja, ich fahre schon eine Weile Schlittschuh – seit

der dritten Klasse«, sagte Eliza. »Aber die meisten Wettkämpfe sind außerhalb, deswegen bekommen die Leute nicht so viel davon mit.«

»Das ist schade«, fand Quinn. Das Gespräch geriet ins Stocken, als sie überlegte, was sie als Nächstes sagen könnte.

»Also, meine Mom ist noch im Auto, weil sie noch einen wichtigen Anruf machen muss«, sagte Eliza schließlich. »Aber sie hat gemeint, ich kann schon vorgehen und die Tiere anschauen.«

»Heißt das, sie hat ja gesagt?«, rief Quinn aufgeregt.

Eliza nickte mit strahlenden Augen. »Nicht nur das, sie hat schon letzte Woche einen Adoptionsantrag gestellt!«, erklärte Eliza. »Mom sagt sogar, dass wir schon die Zusage haben.«

Quinn schnappte nach Luft. »Das ist großartig«, lächelte sie.

»Eigentlich sollte es ein Weihnachtsgeschenk werden«, sagte Eliza verlegen. »Aber ich habe Mom und Dad so lange genervt … bis Mom mir alles erzählt hat, und jetzt darf ich mir mein Haustier aussuchen!«

»Ist das aufregend!«, rief Quinn. Ein Bild von

Buddy, wie er zusammengerollt in seiner Ecke lag, tauchte vor ihrem inneren Auge auf und auch das Versprechen, das sie ihm gegeben hatte, kam ihr plötzlich in den Sinn.

»Ich weiß das *perfekte* Haustier für dich«, fuhr Quinn fort. »Er heißt Buddy und ist der beste Hund der Welt. Alle hier lieben ihn!«

Aber Eliza schüttelte den Kopf. »Katze, weißt du noch?«, sagte sie. »Wir bekommen eine Katze.«

»Hoppla, das habe ich vergessen«, meinte Quinn. »Willst du Buddy trotzdem kennenlernen?«

Wieder schüttelte Eliza den Kopf. »Ich wünschte, ich könnte«, sagte sie. »Eigentlich hätte ich gerne einen Hund. Aber ich bin allergisch.«

»Tut mir leid«, sagte Quinn. »Das wusste ich nicht. Aber die gute Nachricht ist, dass wir jede Menge Katzen hier haben! Ich kann dir auch die Kätzchen zeigen, obwohl sie für eine Adoption noch zu klein sind … und Mrs Alvarez versucht immer, Geschwister paarweise abzugeben …«

Eliza lachte. »Ich könnte meine Mom fragen, ob ich zwei Kätzchen adoptieren darf – aber ich bin ziemlich sicher, dass ich nur etwas wie ‚Pokere lieber nicht zu hoch!' zu hören bekomme.«

»Keine Sorge, wir haben genug andere Katzen«, versicherte ihr Quinn. »Die Kätzchen wohnen hier drüben. Komm einfach – aah!«

In diesem Moment hatte Lobo sich aus den Armen seines Herrchens freigestrampelt – und rannte direkt auf Eliza zu! Quinn versuchte, ihm den Weg abzuschneiden, aber der aufgedrehte Welpe war zu schnell. Bevor sie sich versah, hüpfte und tänzelte er um Eliza herum, und stützte sich aufgeregt bellend mit seinen kleinen Pfoten an Elizas Knien ab.

»Ohh!«, gurrte Eliza. »Was für ein süßer kleiner Schatz!« Sie kniete sich hin, teils um ihn zu streicheln, teils um ihn sanft wegzuschieben.

»Moment … ich mach das … *Lobo! Platz!*«, sagte Quinn mit dem strengen Tonfall, den Mrs Alvarez ihr beigebracht hatte. Aber als Rufus anfing, laut zu maunzen, drehte Lobo noch mehr auf.

Schließlich gelang es Quinn, Lobo hochzunehmen. »Das tut mir leid«, entschuldigte sie sich bei Eliza, als sie Lobo wieder seinem Herrchen übergab.

Aber es war zu spät. Elizas Augen schwammen bereits in Tränen, und bevor sie antworteten konnte, entfuhr ihr ein Niesen!

»Oh-oh«, meinte Eliza zwischen zwei Niesern.

Quinn schlug sich die Hände vors Gesicht. »Alles in Ordnung?«, rief sie.

»Ist nicht … *hatschii!* … so … *hatschii!* … schlimm … *hatschii!*«, nieste Eliza.

»Musst du – musst du rausgehen?«, fragte Quinn besorgt.

Eliza schüttelte den Kopf und unterdrückte ein weiteres Niesen. »Vielleicht geht es wieder, wenn ich zu den Katzen gehe«, antwortete sie und rieb sich die juckenden Augen. »Im Katzenflügel gibt es keine Hunde, oder?«

»Nein, keinen einzigen«, versicherte Quinn ihr. »Das wissen die Katzen schon zu verhindern.«

»Dann müsste es nach ein, zwei Minuten wieder gehen«, sagte Eliza.

Nur um auf der sicheren Seite zu sein, schnappte sich Quinn noch ein paar Taschentücher von der Theke, bevor sie mit Eliza in den Katzenflügel eilte. Eliza nieste jetzt, da keine Hunde mehr in der Nähe waren, seltener, aber die Augen rieb sie sich immer noch.

»Sind die alle hübsch«, sagte Eliza, als sie in die verschiedenen Käfige blickte. »Wie soll man sich da nur entscheiden?«

»Das ist nicht leicht«, erklärte Quinn. »Aber ich habe es schon so oft gesehen: Ganz plötzlich springt da ein Funken über … diese Verbindung … zwischen einem Menschen und einem Tier, und das war's – dann gibt es eine Adoption. Wenn du eine Katze siehst, mit der du gerne spielen oder die du streicheln willst, dann sag Bescheid. Wir haben einen Besuchsraum, in den ihr gerne gehen könnt.«

»Ich schätze mal, wenn ich sage ‚nehmen wir sie alle mit' hilft das nicht weiter, oder?«, fragte Eliza lachend.

Quinn lächelte nur, während ihre Klassenkameradin den Gang entlangschlenderte. Plötzlich blieb Eliza stehen. »Oh! Die Babys!«, sagte sie leise.

»Die Mama heißt Paisley, die Jungen Polka und Pünktchen«, erklärte Quinn. »Die Kleinen sind echt lustig. Manchmal flippen sie richtig aus und hüpfen und springen bestimmt eine halbe Stunde lang herum … und dann kippen sie einfach um und schlafen gleichzeitig ein.«

Eliza wirkte ein wenig enttäuscht. »Das muss ich knapp verpasst haben«, sagte sie.

»Macht ja nichts, du kannst doch jederzeit wiederkommen und mit ihnen spielen!«, erwiderte Quinn.

Die Mädchen liefen weiter den Gang hinunter, blieben alle paar Schritte stehen und blickten in einen der Käfige. Am Käfig von Schneeflocke blieb Eliza stehen. »Wow, ist die schön«, flüsterte Eliza. »Kann ich sie streicheln?«

»Klar«, sagte Quinn. Sie öffnete den Käfig und nahm Schneeflocke heraus. Die kuschelig weiche, langhaarige Katze war ziemlich unkompliziert und fing an zu schnurren, kaum hatte Quinn sie in Elizas Arme gelegt.

Ein glückseliges Lächeln erschien auf Elizas Gesicht. Auch Quinn lächelte. Diesen Blick kannte sie. So sah jemand aus, der gerade sein Haustier gefunden hatte.

»Der Besuchsraum ist am Ende des Gangs«, sagte sie zu Eliza. »Da kannst du mit Schneeflocke ein bisschen Zeit verbringen und sie kennenlernen. Spielzeug haben wir auch da – eine Feder an einer Schnur und eine Spielzeugmaus aus Katzenminze und …«

»*Hatschii!*«, nieste Eliza auf einmal. »'tschuldigung! Ich habe wohl noch Hundehaare an den Kleidern. Vielleicht sollte ich nach Hause gehen und mich umziehen … und duschen …«

»Okay«, sagte Quinn. Die plötzliche Wendung

hatte sie ein wenig überrascht. Sie hätte wirklich gedacht, dass Eliza Schneeflocke adoptieren wollte. »Hier – ich setze sie zurück in den Käfig.«

»Eigentlich«, meinte Eliza, »hatte ich gehofft, dass ich sie mit nach Hause nehmen kann.«

»Ja! Ich wusste es!«, jubelte Quinn. »Ihr passt perfekt zusammen.«

»Echt?«, fragte Eliza. »Wie hast du das erraten?«

»Du hattest diesen ganz besonderen Gesichtsausdruck«, erklärte Quinn. »Als ich das gesehen habe, war mir alles klar.«

Eliza wollte etwas sagen, aber ein Niesen unterbrach sie. Quinn blickte sie besorgt an.

»Schaffen wir dich lieber aus dem Tierheim raus«, meinte sie. »Schneeflocke kommt noch mal kurz in den Käfig, bis deine Mom da ist und die Adoption erledigen kann.«

»Danke«, sagte Eliza und tupfte sich die tränenden Augen mit einem Taschentuch. »Aber ich kann Schneeflocke trotzdem heute noch mitnehmen, oder?«

»Sicher«, sagte Quinn. »Euer Antrag wurde ja schon bewilligt. Wir haben auch noch einen Katzenkorb übrig, den ihr euch ausleihen könnt.«

Als Schneeflocke wieder im Käfig war, gingen die Mädchen zurück in den Empfangsraum. Lobo und sein neues Herrchen waren immer noch da, was Elizas Allergieschub nicht guttat. Aber es war noch jemand da – Elizas Mom.

»Oh-oh«, sagte Mrs Evans mit besorgtem Blick. »Das hatte ich befürchtet.«

»Mom! Ich habe die perfekte Katze für uns gefunden!«, rief Eliza. »Sie heißt Schneeflocke, und sie ist das süßeste Kätzchen aller Zeiten, sie hat so ein schönes Fell und leuchtend grüne Augen …«

»Ist sie die Richtige?«, fragte Mrs Evans, die genauso aufgeregt wirkte wie ihre Tochter.

Eliza nickte energisch. »Warte nur, bis du sie siehst. Sie ist einfach meganiedlich.«

»Oder megamiezig?«, scherzte Mrs Evans.

Die Mädchen brachen in Gelächter aus – nur dass sich Elizas Lachen in einen Niesanfall verwandelte.

Mrs Evans kramte in ihrer Handtasche herum. »Ich habe dir dein Allergiemedikament mitgebracht – ich dachte mir schon fast, dass du es heute brauchst«, sagte sie. »Hier, Eliza, warum nimmst du nicht die Schlüssel und wartest im Auto. Ich erledige hier noch den Papierkram.«

»Danke, Mom«, sagte Eliza. »Und danke, Quinn! Ich habe mich schon total in Schneeflocke verguckt. Wir sehen uns am Montag?«

»Ja, bis dann«, sagte Quinn, als sie Eliza zur Tür begleitete. »Hoffentlich geht es dir bald besser.«

»Klar doch«, versicherte ihr Eliza. »Die Medikamente wirken ziemlich schnell.«

Als Eliza fort war, ging Quinn zurück zur Theke. Mrs Alvarez hatte schon angefangen, die Papiere für Schneeflocke auszufüllen. »Quinn, du kannst Schneeflocke schon fertig machen«, sagte sie.

»Alles klar«, antwortete Quinn. Sie fand den Katzenkorb in der Abstellkammer und trug ihn zu Schneeflockes Käfig. Kaum hatte die Katze den Korb erblickt, machte sie einen Buckel – ein Warnsignal, das Quinn sofort erkannte.

»Keine Sorge, meine Süße«, beruhigte Quinn sie mit sanfter Stimme. »Ich verspreche dir, diese Autofahrt willst du auf *jeden Fall* machen. Weißt du, was am anderen Ende auf dich wartet? Dein neues Zuhause – und deine neue Familie!«

Schneeflocke kannte Quinn – und sie vertraute ihr. Nachdem Quinn ihr den Rücken gestreichelt und das Kinn gekrault hatte, war die ängstliche Katze so weit beruhigt, dass Quinn sie in den Korb setzen konnte. Quinn spürte einen kleinen Stich im Herzen, als sie Schneeflocke in den Empfangsraum trug. Natürlich war sie mehr als glücklich, dass die Katze ihre Familie gefunden hatte … aber Quinn würde sie trotzdem vermissen. *Immerhin kenne ich die neuen Besitzer von Schneeflocke*, versuchte Quinn sich zu trösten. *Vielleicht zeigt mir Eliza sogar Fotos von Schneeflocke auf ihrem Handy.*

»Da ist sie ja!«, rief Mrs Alvarez, als Quinn und Schneeflocke hereinkamen. »Die Papiere sind schon fertig. Herzlichen Glückwunsch zu Ihrer neuen Katze, Mrs Evans.«

»Danke für Ihre Hilfe«, antwortete Elizas Mutter.

»Viel Glück«, sagte Quinn, als sie Mrs Evans den Katzenkorb überreichte. »Und hoffentlich geht es Eliza bald besser.«

Ping!

Mrs Evans hielt inne, um eine Nachricht auf ihrem Handy zu lesen. »Ach, Quinn, könntest du mir deine Nummer geben?«, fragte sie.

»Klar«, sagte Quinn. »Wenn Sie irgendwelche Fragen haben oder Schneeflocke sich mit der Eingewöhnung schwertut, können Sie mich jederzeit anrufen; oder Sie schreiben mir einfach.«

»Danke – das ist ein sehr nettes Angebot«, meinte Mrs Evans. »Aber Eliza wollte deine Nummer, damit sie dich einladen kann – und du mit Schneeflocke spielen kannst.«

Quinn versuchte, ihre Überraschung zu verbergen. »Oh! Ja! Das wäre toll«, sagte sie. »Gerade habe ich daran gedacht, wie sehr ich Schneeflocke hier vermissen werde.«

»Ich glaube nicht, dass du sie lange vermissen musst«, meinte Mrs Evans mit einem Lächeln. »Eliza hat gehofft, dass du dieses Wochenende mal vorbeikommst. Aber ihr könnt euch ja später schreiben.«

»Das wäre super«, sagte Quinn. »Wiedersehen, Mrs Evans. Wiedersehen, Schneeflocke. Bis bald!«

Die Glöckchen bimmelten fröhlich, als Mrs Evans Schneeflocke in die eisige Abendluft trug. Die Sonne ging gerade unter und warf lange, dunkelblaue Schatten auf den Parkplatz. Einen Augenblick lang stand Quinn einfach da, sah zu, wie Mrs Evans Schneeflocke in den Wagen lud, und staunte über die jüngsten Ereignisse.

Drei Tiere waren an nur einem Nachmittag adoptiert worden – Rufus, Lobo und Schneeflocke!

Und Eliza hatte sie zu sich nach Hause eingeladen!

Weihnachten war tatsächlich eine Zeit voller Überraschungen!

Da kam ihr wieder das Bild von Buddy in den Sinn, wie er ganz allein in seinem Zwinger lag. Ihr Lächeln erstarb.

Könnte es auch eine Zeit der Weihnachtswunder werden?

7

Einige Tage später war Quinn wieder im Tierheim und erledigte Büroarbeiten, während Mrs Alvarez ein paar Welpen, die hinter einem Lebensmittelgeschäft gefunden worden waren, vom Tierarzt untersuchen ließ. Dabei hätte Quinn auch gerne geholfen, aber in dieser Hinsicht hatte Mrs Alvarez strenge Prinzipien. Sie ließ die jungen Helfer nicht an die Tiere, bevor der Tierarzt ihnen ein einwandfreies Gesundheitszeugnis ausgestellt hatte – nur um auf Nummer Sicher zu gehen.

Quinn blickte auf, als die Glöckchen an der Tür klingelten. »Hey, Charlie. Du schon wieder?«, neckte sie ihn, als sie Charlies rote Kappe erkannte. Mittlerweile wäre sie überrascht, wenn Charlie *nicht* auftauchen würde, um Buddy zu besuchen. Treu wie er war, kam er jeden Tag pünktlich um 15.29 Uhr – also direkt nach Schulschluss. Mrs Alvarez hatte Quinn erzählt, dass er Buddy auch am Wochenende besucht hatte. Sogar das offizielle Adoptionsfoto von Mr De-Lorio und seinem neuen Kätzchen – ein kleines graues Fellknäuel namens Pixie – hatte er geschossen.

»Ja. Ich und Buddy mussten gestern beim Lesen an einer wirklich spannenden Stelle aufhören«, erzählte Charlie ihr. »Aber ich habe Buddy versprochen, dass ich das nächste Kapitel nicht ohne ihn anfange. Die Neugier bringt mich noch um!«

»Wow! Du bist mal ein wahrer Freund«, sagte Quinn. »Dann lass dich von mir nicht aufhalten. Ich wette, Buddy kann es auch kaum noch erwarten.«

Charlie wollte sich gerade zu Buddys Zwinger aufmachen, da fiel Quinn noch etwas ein. »Hey, Charlie – weißt du was?«, rief sie ihm hinterher.

»Was?«, fragte er.

»Wir haben *fünf* neue Welpen!«, verkündete sie. »Dr. Trazler schaut sie sich gerade noch an, aber wenn du willst, können wir sie durch das Fenster vom Untersuchungsraum angucken.«

Charlie lächelte, schüttelte aber den Kopf. »Ist schon gut. Vielleicht das nächste Mal«, sagte er. »Buddy wartet auf mich.«

»Stimmt«, sagte Quinn. »Ist klar, dass du Buddy nicht warten lassen willst.«

Sie blickte Charlie nach, der den Flur zu Buddys Zwinger hinuntereilte. Charlie brauchte Quinn nicht mehr, um ihn einzulassen. Im Grunde kannte er sich schon so gut aus, dass er selbst freiwilliger Helfer werden könnte.

Quinn hatte sich gerade wieder den Papieren zugewandt, als die Glöckchen wieder bimmelten.

»Hallo?«, rief die junge Frau, als sie eintrat. Sie trug einen blauen Arztkittel. Vermutlich erkannte Quinn sie deshalb so schnell.

»Dr. Lu!«, rief Quinn und stand von ihrem Tisch auf. »Hi. Wie geht es Ihnen? So eine Überraschung!«

Die Ärztin schaute sie ratlos an.

»Ich bin Quinn. Sie haben sich vor zwei Jahren in der Notaufnahme um mich gekümmert. Ich hatte mir den Arm gebrochen«, erklärte Quinn und wedelte mit ihrem linken Arm. »Und Sie haben ganze Arbeit geleistet.«

Dr. Lus Miene hellte sich auf. »Natürlich! Jetzt weiß ich es wieder. Ein Unfall auf der Wasserrutsche, stimmt's? Deine beste Freundin und ihre Mutter hatten dich gebracht.«

»Genau!«, rief Quinn. »So war's.« Sie würde nie vergessen, welche Sorgen sich Annabelle gemacht hatte. Ihre Freundin hatte sich geweigert, von ihrer Seite zu weichen. Sogar als Quinn geröntgt worden war, hatte Annabelle vor der Tür im Flur gewartet und mit ihr gesprochen.

Quinn schüttelte den Kopf, wie um die Erinnerungen zu vertreiben und wieder im Hier und Jetzt zu landen. »Ich arbeite hier als Aushilfe. Was kann ich für Sie tun?«, fragte sie Dr. Lu.

»Ich überlege, ein Haustier zu adoptieren. Aber die Situation ist ein bisschen verzwickt«, antwortete Dr. Lu.

»Okay«, sagte Quinn. Sie schnappte sich Stift und Papier, damit sie sich Notizen machen konnte. »Dann erzählen Sie mal.«

»Meine Mutter will nach Marion ziehen«, erklärte Dr. Lu. »Noch lebt sie in Texas, aber seit mein Vater vor ein paar Jahren gestorben ist, ist sie dort ziemlich einsam. Deswegen dachten wir, es wäre eine gute Idee, wenn sie zu mir zieht und näher bei der Familie ist. Das Problem ist nur, dass ich ein paar Tage die Woche wirklich lange Schichten habe«, fuhr sie fort. »Wenn ich Bereitschaftsdienst habe, muss ich teilweise vierundzwanzig Stunden oder länger im Krankenhaus bleiben. Und der Gedanke, dass meine Mom

Stunde um Stunde um Stunde allein im Haus sitzt, gefällt mir nicht.«

»Also suchen Sie ein Haustier, das ihr Gesellschaft leistet?«, fragte Quinn.

»Genau«, antwortete Dr. Lu. »Um ehrlich zu sein: Ich wünsche mir auch schon lange ein Haustier! Aber mit einem Job wie meinem wäre das einfach nicht gegangen.«

»Also ist das Tier gut für Ihre Mom … und für Sie«, sagte Quinn.

»Das hoffe ich«, meinte Dr. Lu. »Es ist vielleicht ein bisschen albern, aber …«

Quinn wartete ab, während Dr. Lu die richtigen Worte suchte.

»Als ich ein Kind war, mussten wir wegen der Arbeit meines Vaters in einen anderen Staat ziehen«, fuhr Dr. Lu fort. »Und ich war so traurig, weil ich meine Freunde, meine Schule, mein Zuhause verlassen musste. Aber als wir am neuen Haus ankamen, haben mich meine Eltern mit einem Welpen überrascht. Ich habe mich so gefreut! Sparky war mein bester Freund. Schließlich habe ich auch an der neuen Schule Freunde gefunden, aber Sparky hat mir in der schweren Zeit am Anfang wirklich geholfen.

Deswegen glaube ich wahrscheinlich, dass ein Hund auch meiner Mom den Umzug erleichtern würde.«

Beim Wort »Hund« merkte Quinn auf. »Haben Sie sich schon entschieden, ob Sie lieber einen Hund oder eine Katze hätten?«, fragte sie.

Dr. Lu blickte nachdenklich drein. »Ich denke mal einen Hund«, antwortete sie. »Ich bin mit Hunden aufgewachsen. Und mit Katzen kenne ich mich überhaupt nicht aus!«

Quinn machte sich ein paar Notizen. »Sollte ich sonst noch etwas wissen?«

»Ein Welpe ist vielleicht zu viel für uns«, erklärte Dr. Lu ihr. »Besser wäre ein ruhiger, erwachsener Hund. Gut wäre auch, wenn er schon ein paar Kommandos kennt. Und ein kleiner Hund, damit meine Mom ihn auch spazieren führen kann, wenn ich auf der Arbeit bin.«

Quinn überlegte kurz. »Wohnen Sie in einem Haus oder in einer Wohnung?«

»Wir haben ein Haus.«

»Wie ist das mit dem Garten? Ist der umzäunt?«, fragte Quinn.

»Ja«, antwortete Dr. Lu. »Ich stelle mir vor, dass meine Mom den Hund bei schönem Wetter spazieren führen kann. Aber abends oder wenn es regnet oder schneit, dann kann sie einfach die Tür aufmachen und den Hund in den Garten lassen.«

»Klingt gut«, meinte Quinn. »Möchten Sie jetzt ein paar unserer Hunde kennenlernen?«

Dr. Lu nickte. »Ja! Bin ich aufgeregt! Und wie aufgeregt wird erst meine Mutter sein – wenn wir den Richtigen finden.«

Den Richtigen.

Das war die Herausforderung, oder nicht? Manchmal fanden sich Mensch und Tier auf Anhieb. Und manchmal eben nicht.

Quinn zermarterte sich den Kopf nach einem Hund, der zu Dr. Lu und ihrer Mutter passte. Die neuen Welpen schieden schon mal aus, die Ärztin hatte ja bereits gesagt, dass ein junger Hund nicht in Frage kam. Und sie wollte einen kleinen Hund. Also war Buddy auch nicht der Richtige. Genauso wenig wie Tops, ein massiger Bullmastiff. Aber es gab noch einen Grund, warum Tops nicht in Frage kam – er hatte einen ganz besonderen Hundefreund, Tippy, einen putzigen West Highland Terrier. Tops und Tippy waren laut Dr. Trazler ein festes Paar, was hieß, dass sie unter allen Umständen zusammenbleiben mussten. Es war zwar schwieriger, jemanden zu finden, der zwei Tiere auf einmal adoptieren wollte, aber was Tops und Tippy anging, wusste Quinn, dass Mrs Alvarez sie niemals trennen würde. Sie liebten einander nicht nur – sie brauchten sich.

»Mätzchen!«, sagte Quinn auf einmal.

Dr. Lu schaute sie verdutzt an. »Verzeihung?«, fragte sie. »Was hast du gesagt?«

»Sie sollten Mätzchen kennenlernen«, rief Quinn strahlend. »Eine unheimlich süße kleine Cockerspaniel-Hündin! Sie ist vier Jahre alt und kennt alle Kommandos. Und sie wiegt vielleicht zwölf Kilo, ist also nicht zu groß.«

»Ein Cockerspaniel?«, wiederholte Dr. Lu. »Das sind tolle Hunde! Ja, ich würde sie liebend gern kennenlernen.«

»Dann folgen Sie mir!«, flötete Quinn.

Auf ihrem Weg durch den Hundeflügel spähte Quinn kurz in Buddys Zwinger. Charlie saß, den Rücken an die Wand gelehnt auf dem Boden; Buddy lag daneben, den Kopf auf den Schoß des Jungen gebettet. In einer Hand hielt Charlie das Buch, mit der anderen streichelte er den Hund. Sie sahen zusammen so zufrieden aus – ein perfektes Paar.

»Das ist ja schön«, sagte Dr. Lu.

»Was?«, fragte Quinn.

Dr. Lu machte eine Geste in Richtung des Zwingers von Buddy. »Ich wusste gar nicht, dass ihr hier im Tierheim Lesestunden für die Tiere abhaltet«, sagte sie. »Darüber habe ich erst vor kurzem einen Artikel im Internet gelesen. Die Kinder üben lesen und die Tiere bekommen Gesellschaft und Zuneigung, während sie auf ihre Adoption warten.«

»Das ist ja eine tolle Idee«, sagte Quinn und nickte zustimmend. »Aber so ist das nicht. Der kleine Junge mag diesen Hund einfach so gerne. Er kommt fast jeden Tag.«

»Hach«, seufzte Dr. Lu. »Ist das süß.«

»Aber von diesen Lesestunden werde ich Mrs Alvarez erzählen«, fuhr Quinn fort. »Ich wette, jede Menge Kinder hätten Lust, unseren Tieren vorzulesen. Und – hier ist Mätzchen!«

Als sie ihren Namen hörte, hüpfte Mätzchen auf die Beine und trabte, fröhlich mit dem Schwanz wedelnd, zur Tür.

Quinn beobachtete Dr. Lu aus dem Augenwinkel. Und da war es – das breite Lächeln, die strahlenden Augen. Hierbei hatte Quinn ein gutes Gefühl – ein *sehr* gutes Gefühl. Sie machte die Zwingertür auf und legte Mätzchen Halsband und Leine an.

»Hier drüben haben wir einen Besuchsraum«, erklärte Quinn Dr. Lu. »Sie und Mätzchen können dort so lange bleiben, wie Sie wollen. Und sehen Sie den Knopf hier an der Wand? Da drücken Sie drauf, wenn ich zurückkommen soll.«

»Vielen Dank für deine Hilfe, Quinn«, sagte Dr. Lu. »Ich glaube, Mätzchen und ich kommen gut zurecht.«

Breit grinsend lief Quinn zurück Richtung Empfangsraum. Sie warf noch einen Blick auf Charlie und Buddy, die glücklicher denn je wirkten. Nur eines störte sie an dem trauten Bild: Buddy und Charlie sollten eigentlich bei Charlie zu Hause sein und am besten gemütlich auf der Couch liegen. Und nicht auf dem harten Zwingerboden hocken.

Eigentlich wollte Quinn sie nicht stören – aber sie konnte nicht widerstehen. Sie klopfte leise an die Zwingertür und schlüpfte hinein.

»Wie geht's?«, fragte sie Charlie. »Braucht ihr irgendwas?«

Charlie schüttelte lächelnd den Kopf. »Nö«, sagte er. »Buddy und mir geht's prima. Wir brauchen nichts, nur uns.«

»Mir ist schon aufgefallen, wie sehr Buddy dich mag«, meinte Quinn. »Ich glaube, du bist ihm der liebste Mensch überhaupt!«

Da hatte sie den richtigen Ton getroffen – Charlies Lächeln wurde sogar noch breiter.

Und dann vermasselte sie es.

»Glaubst du, dass ihr Buddy adoptieren werdet?«, fragte sie.

Charlies Lächeln verschwand von einer Sekunde auf die andere. »Nein«, sagte er mit einer matten, traurigen Stimme.

Quinn wartete darauf, dass er weitersprach, aber Charlie schwieg beharrlich. Es fühlte sich an, als hätte sie einen Riesenfehler gemacht – aber warum? Sie hatte doch nur eine Frage gestellt. Und jeder, der Charlie und Buddy schon mal zusammen gesehen hatte, würde wissen wollen, ob die Ferrinos Buddy adoptieren wollten.

»Okay«, sagte Quinn und zwang sich dabei zu einem fröhlichen Tonfall. »Du kannst Buddy auf jeden Fall besuchen, wann immer du willst.«

»Danke«, antwortete Charlie. Seine Stimme klang immer noch tiefbetrübt.

Quinn schlüpfte wieder hinaus und schloss die Tür

hinter sich. *Das kapier ich nicht*, dachte sie und schüttelte den Kopf. Es war doch *offensichtlich*, dass Buddy und Charlie zusammengehörten. Und Charlies Mom mochte Hunde … Schließlich war sie ins Tierheim gekommen, um einen für ihre Arbeitsstelle zu adoptieren.

Was also war das Problem?

Die Frage spukte noch in ihrem Kopf herum, als sie wieder an ihrem Schreibtisch saß, wo auch Mrs Alvarez gerade ein Telefonat beendete.

»Wie geht's den neuen Welpen?«, fragte Quinn, als Mrs Alvarez aufgelegt hatte.

»Sie erfreuen sich bester Gesundheit!«, erklärte Mrs Alvarez. »Und sie sind einfach zum Knuddeln … ein paar kugelrunde Fellknäuel. Dr. Trazler will sie noch eine Woche lang in Quarantäne halten, aber danach werden sie bestimmt schnell vermittelt.«

»Das ist toll«, antwortete Quinn. Und das war es auch – aber gleichzeitig kam es ihr irgendwie, na ja, unfair vor. Die Welpen waren gerade erst angekommen und würden vermutlich alle bis Ende des Monats ein Zuhause finden. Und Buddy wartete schon seit *Monaten* – schon über ein Jahr. Wo blieb seine Familie? Wann war er endlich mal dran?

»Stimmt etwas nicht?«, fragte Mrs Alvarez leichthin. Erst jetzt bemerkte Quinn, dass ihre Miene ihre Gedanken verraten hatte.

»Ich dachte nur gerade an Buddy«, seufzte Quinn. »Er und Charlie verstehen sich so gut. Aber Charlie meint, dass sie ihn nicht adoptieren werden. Warum nur?«

Mrs Alvarez schaute sie mit einem seltsamen Gesichtsausdruck an. Quinn wusste nicht, wie sie ihn deuten sollte.

Dann seufzte Mrs Alvarez. »Quinn, ich erzähle dir gleich etwas Vertrauliches«, erklärte sie. »Weißt du, was das heißt?«

»Total geheime, private Info?«, vermutete Quinn. »Die man auf keinen Fall weitererzählen darf?«

»So ziemlich«, sagte Mrs Alvarez.

Gespannt wartete Quinn darauf, dass Mrs Alvarez weitersprach ... obwohl sie plötzlich gar nicht mehr so sicher war, ob sie wissen wollte, was Mrs Alvarez gleich sagen würde.

»Charlie und seine Mom können Buddy nicht adoptieren, weil sie es sich nicht leisten können«, erklärte Mrs Alvarez mit gesenkter Stimme.

Quinn blinzelte. Ihr war schon klar, dass ein Haustier teuer sein konnte – tatsächlich war das einer der traurigsten Gründe, warum Menschen ihr Tier weggeben mussten –, aber bei Charlie und seiner Mom hätte sie das nicht vermutet. Immerhin hatte Mrs Ferrino einen Job! Ihre Arbeit in der Einrichtung für betreutes Wohnen war doch der Grund, warum Charlie und Buddy sich kennengelernt hatten.

»Aber …«, fing Quinn an.

»Ich weiß, was du in Buddy und Charlie gesehen hast, weil es mir doch genauso ging«, fuhr Mrs Alvarez fort. »Das perfekte Paar. Ich war so aufgeregt! Ich dachte, endlich hat unser süßer Buddy seine Familie gefunden.«

Quinn nickte. Das hatte sie sich auch gedacht.

»Aber als die Tage vergingen, und Mrs Ferrino nicht nach den Adoptionspapieren für Buddy gefragt hat, wurde mir etwas mulmig«, sagte Mrs Alvarez. »Also habe ich beschlossen, sie einfach zu fragen. Und sie hat mir erzählt, dass sie ab September wieder zur Schule geht.«

»Wieder zur Schule?«, wiederholte Quinn.

Mrs Alvarez nickte. »Im Augenblick ist sie noch Altenpflegerin«, erklärte sie Quinn. »Aber nach dem Abschluss wäre sie Krankenschwester – und dann würde sie auch mehr verdienen. Doch in der Zwischenzeit wird es für sie und Charlie ziemlich knapp. Eine Weiterbildung ist nicht billig. Da sind das Schulgeld, die Bücher, die Materialien – ganz zu schweigen von den Zeiten, in denen Mrs Ferrino lernen muss und weniger arbeiten kann.«

Langsam dämmerte es Quinn – nicht, dass es das leichter gemacht hätte. »Also können sie Buddy noch nicht adoptieren«, sagte sie langsam. »Aber wenn Mrs Ferrino ihren Abschluss hat, dann haben sie auch mehr Geld, oder nicht? Wie lange dauert das denn?«

»Zwei Jahre«, antwortete Mrs Alvarez. »Aber die gute Nachricht ist, dass Mrs Ferrino und Charlie ganz sicher einen Hund adoptieren werden, sobald sie danach einen neuen Job gefunden hat.«

Nur hörte Quinn schon gar nicht mehr richtig zu. Nachdem Mrs Alvarez »zwei Jahre« gesagt hatte, hatten sich ihre Ohren einfach abgeschaltet. »Zwei Jahre?«, wiederholte sie ungläubig. »Zwei *Jahre*? Aber so lange kann Buddy nicht warten! Er ist doch jetzt schon so traurig und einsam!«

Ihre nächsten Worte wählte Mrs Alvarez sehr vorsichtig. »Nun ja, Quinn, wir hoffen natürlich, dass

Buddy weit früher adoptiert wird«, sagte sie. »Nur weil die Ferrinos nicht seine neue Familie werden können, heißt das nicht, dass er kein gutes Zuhause finden wird.«

»Sie meinen, Buddy und Charlie müssen sich trennen?«, fragte Quinn langsam. Der Gedanke war fast noch schlimmer als die Vorstellung, dass Buddy noch zwei weitere Jahre im Tierheim ausharren musste.

»Ich weiß, es läuft nicht perfekt«, antwortete Mrs Alvarez leise. »Aber schlussendlich können wir uns für Buddy nicht mehr wünschen, als dass er so schnell wie möglich ein liebevolles Zuhause findet. Nicht wahr?«

Quinn nickte, sagte aber nichts. Der dicke Kloß in ihrer Kehle machte ihr das Sprechen unmöglich.

»Und auch, wenn Charlie nicht derjenige sein kann, sieh doch nur, wie viel seine Besuche für Buddy gebracht haben«, fuhr Mrs Alvarez fort. »Und ich glaube Charlie haben die Besuche auch etwas gebracht.«

Quinn versuchte zu lächeln.

»Manchmal ist es nicht leicht, hier zu arbeiten«, sagte Mrs Alvarez. »Manchmal entwickeln sich die Dinge anders als erhofft. Aber die Sache ist die,

Quinn – es gibt immer Hoffnung. Es gibt Hoffnung für jedes einzelne Tier, das wir aufnehmen. Und Hoffnung für jeden einzelnen Menschen, der durch diese Tür kommt.«

In diesem Moment summte die Gegensprechanlage. Quinn zuckte zusammen. »Das ist Dr. Lu«, rief sie. »Sie lernt gerade Mätzchen kennen.«

Mrs Alvarez zog die Augenbrauen hoch. In ihrer Miene entdeckte Quinn ein Aufblitzen der Hoffnung, von der sie gerade gesprochen hatte.

Die Leiterin des Tierheims drückte den Knopf an der Wand und beugte sich über die Gegensprechanlage. »Wie läuft es?«, fragte sie.

Dr. Lus Stimme knisterte aus dem Lautsprecher. »Ich will Mätzchen adoptieren! Was muss ich als Nächstes machen?«

»Das sind ja tolle Nachrichten!«, meinte Mrs Alvarez und grinste Quinn an, die die Daumen nach oben reckte. »Quinn ist sofort bei Ihnen, um Mätzchen zu holen, so dass Sie die Papiere ausfüllen können.«

Quinn versuchte, sich von Mrs Alvarez' Freude anstecken zu lassen. Es waren ja auch tolle Nachrichten, dass Mätzchen endlich ihr eigenes Zuhause gefunden hatte. Aber es gelang Quinn nicht, das Gefühl abzuschütteln, dass es immer die anderen Hunde waren, die Glück hatten … und nie Buddy.

»Gib Buddy nicht auf«, sagte Mrs Alvarez zu Quinn, als könnte sie ihre Gedanken lesen. »Ich glaube immer noch, dass die richtige Familie für ihn auftaucht. Es dauert nur ein bisschen länger, als wir es gerne hätten.«

»Ich gebe nicht auf«, erwiderte Quinn.

Aber als sie den Flur hinuntereilte, um Mätzchen zu holen, brachte Quinn es nicht übers Herz, auch nur einen kurzen Blick in Richtung des Zwingers zu werfen, wo Charlie und Buddy so viel Spaß hatten. Sie musste daran denken, wie zuversichtlich sie vor ein paar Tagen gewesen war – als sie noch an ein Weihnachtswunder für Buddy und Charlie geglaubt hatte.

Jetzt aber wagte sie nicht mehr zu hoffen.

8

Am Montag nach der Schule schaltete Quinn ihr Handy ein, sobald der Gong den Unterricht beendet hatte. Aufgeregt trommelte sie mit den Fingern auf den Tisch, während sie darauf wartete, dass die Internetverbindung stand. Immer montags und donnerstags ergab sich das perfekte Zeitfenster – direkt nach der Schule für Quinn, und kurz vor dem Mittagessen für Annabelle – in dem sich die Mädchen ein paar Minuten lang schreiben konnten. Darauf freute sich Quinn jedes Mal riesig.

Annabelle: Q??? Bist du da???

Quinn: Ja heyyy! Wie läuft's?

Annabelle: Ziemlich gut. Heute in LB haben wir mit Schwimmen angefangen und meine Haare tropfen alles nass.

Quinn: LB?

Annabelle: Sport. Hier nennen sie das Lernbereich Bewegung.

Annabelle: Ich übernehme schon die Sprache lol

Annabelle: Und bei dir so?

Quinn: Viel los. In 1 Min muss ich ins Tierheim.

Annabelle: Ohhh! Und? Schon viele Tiere adoptiert?

Quinn: Jep.

Quinn: Unsere Xmas-Aktion läuft richtig gut! 5 sind schon adoptiert, 7 fehlen noch.

Annabelle: Yayyy! Hast du meine Nachricht gestern Abend gekriegt?

Quinn: Erst heute früh. Sry, dass ich nicht zurückgerufen hab. Ist alles okay?

Annabelle: Klar. Zu Weihnachten hab ich eine supercoole Überraschung für dich.

Quinn: Du musst mir doch nichts schenken!

Annabelle: Zu spät. Aber frag erst gar nicht. ICH SAGE KEIN WORT!

Quinn musste lächeln, als sie Annabelles Nachricht las. Dann tippte sie weiter.

Quinn: Überraschung klingt gut. Ich hab auch was für dich. Nichts Großes, also flipp nicht gleich aus.

Quinn konnte sich ein Kichern nicht verkneifen. Ein Flugticket war ja nicht besonders groß, eine Reise nach Kalifornien allerdings schon!

Annabelle: Oh-oh. Ist es eine von deinen Christbaumkugeln? Mit einem Bild von Bumblebee?

Quinn: Meine Lippen sind versiegelt.

Annabelle: Na gut! Machst du dieses Jahr wieder bei den Sternsingern mit?

Quinn: Wahrscheinlich. Aber ohne dich ist es nicht dasselbe.

Annabelle: Logisch. Wie denn auch. Lol

Quinn: Im Ernst. Ich vermiss dich. Lass uns bald skypen.

Annabelle: Nächstes WE?

Quinn: Genau. Aber jetzt muss ich los ins Tierheim. Mrs Alvarez wartet schon …

Annabelle: Bye Q. Bis später dann.

Quinn: Byeee!

Immer noch grinsend steckte Quinn das Handy wieder weg. Annabelle würde *ausrasten*, wenn sie ihr von dem Flugticket erzählte! Und die harte Arbeit an den Christbaumkugeln zahlte sich langsam aus. Sie musste nur noch zehn Stück bemalen, und der Reise nach Kalifornien stand nichts mehr im Weg!

Aber als Quinn im Tierheim ankam, bemerkte sie sofort, dass etwas nicht stimmte. Mrs Alvarez und Tommy starrten mit besorgten Mienen auf den Computer. Ihnen fiel nicht einmal auf, dass Quinn gekommen war.

»Hey«, sagte sie langsam. »Ähm … Ist alles okay?«

Mrs Alvarez blickte auf und schaffte es zu lächeln. »Hallo, Quinn. Wie war's in der Schule?«, fragte sie.

Quinn zuckte mit den Schultern. »Gut. Und wie läuft es hier?«

Tommys Stirn war von tiefen Falten gezeichnet. »Willst du es ihr sagen, Mama, oder soll ich?«

»Mir was sagen?«, fragte Quinn nervös. War eines der Tiere krank? Oder – Quinn wollte gar nicht daran denken – war eine der letzten Adoptionen schiefgelaufen?

»Es geht um die jungen Kätzchen«, seufzte Mrs Alvarez. »Wir hatten übers Wochenende viele Besucher, und auch Adoptionsanfragen zu den Kätzchen.«

Quinn war überrascht. »Aber … das sind doch gute Neuigkeiten, oder nicht?«

»Zwei Kätzchen, zwei Familien«, erklärte Tommy.

»Wir haben versucht, sie zu überzeugen, beide zu nehmen – oder ein Junges und die Mutter –, aber sie ließen sich nicht umstimmen.«

»Warte mal«, begann Quinn. »Du meinst, die Kätzchen trennen? Alle drei trennen?«

Mrs Alvarez nickte.

»Nein!«, rief Quinn. »Das können wir nicht machen! Sie sind zu jung! Sie sind …«

»Sie *sind* jung, aber nicht zu jung für eine Vermittlung«, erklärte Mrs Alvarez. »Sie fressen schon seit einigen Wochen feste Nahrung und sie erfreuen sich bester Gesundheit. Dr. Trazler hat sie erst am Freitag untersucht. Wir haben einfach keinen guten Grund, der gegen eine Adoption spricht.«

»Und dass die Familie zusammenbleibt?«, rief Quinn aufgebracht. »Ist das kein guter Grund?«

Tommy und Mrs Alvarez schauten sie verblüfft an. Und Quinn spürte, wie ihr die Röte ins Gesicht stieg.

»'tschuldigung«, murmelte sie. »War nicht so gemeint. Ich finde nur …«

»Uns geht es ganz genauso, Quinn«, sagte Tommy. »Keiner hier will miterleben, wie sie getrennt werden. Ich meine, schau sie dir doch an – die Kleinen schlafen in den Pfoten ihrer Mutter ein, um Himmels willen!«

Quinn nickte. Das hatte sie auch schon gesehen. Etwas so Süßes gab es nicht zweimal auf der Welt – und das reichte ihr, um zu wissen: Die Familie musste zusammenbleiben.

»Es muss doch eine Möglichkeit geben!«, rief sie.

Mrs Alvarez blickte nachdenklich drein. »Wenn jemand, der alle drei haben will, einen Antrag stellt, bevor die Adoption abgeschlossen ist …«, überlegte sie.

Quinns Herz machte einen Hüpfer. »Das ist alles?«, fragte sie. »Wir müssen nur jemanden finden, der alle drei adoptieren will?«

Tommy und Mrs Alvarez wechselten einen Blick.

»Ja … Ich weiß doch, dass das nicht einfach wird«, fuhr Quinn fort. »Aber … wir haben eine Chance. Bitte – wenn ihr mir ein paar Tage gebt? Ich tue alles, um eine Familie zu finden, die alle drei aufnimmt. Bitte, lasst es mich wenigstens versuchen.«

»Ich schätze mal, es könnte passieren, dass ich diese Anträge einfach verlege«, überlegte Tommy.

Mrs Alvarez verscheuchte seine Hand von den Papieren. »Nein – Finger weg«, schimpfte sie scherzhaft. »Allerdings könnte es ein wenig länger dauern, ihre

Angaben zu kontrollieren. Immerhin haben wir gerade *wirklich* viel zu tun.«

»Danke, Mrs Alvarez«, sagte Quinn erleichtert. »Ich lege sofort los – es sei denn – steht heute im Tierheim noch etwas an, was ich machen sollte?«

Mrs Alvarez schüttelte den Kopf. »Nein, Quinn, nur zu, versuch, eine Familie für die Kleinen und ihre Mutter zu finden«, antwortete sie. »Das hat jetzt absoluten Vorrang.«

Quinn nickte und eilte schnurstracks in den Katzenflügel. Sie erwischte die Kätzchen in ihrer verspielten Phase, sie hüpften und sprangen herum und versuchten, in den zuckenden Schwanz ihrer Mutter zu beißen. Dann zog Paisley ihre Jungen zu sich und begann den Kleinen mit ihrer rosafarbenen Zunge das Gesicht zu putzen. Die Kätzchen schlossen die Augen. Quinn konnte sich ihr zufriedenes Schnurren lebhaft vorstellen.

Was auch immer nötig ist, versprach sie sich selbst. Dann holte sie ihr Handy aus der Tasche und schickte Eliza eine Nachricht. Zwei Worte reichten aus, um alles zu sagen:

KÄTZCHEN NOTFALL!!!

Eine Viertelstunde später war Eliza da. Ihre Wangen waren rosa, und sie atmete schwer, weil sie durch die frostige Nachmittagsluft gerannt war.

»Ich bin da. Was ist los? Wie kann ich helfen?«, keuchte sie.

»Danke, dass du gekommen bist«, antwortete Quinn. »Die Sache ist die – ach, komm, wir gehen am besten in den Besuchsraum.«

Allerdings war der Besuchsraum für Katzen zu Quinns Überraschung nicht leer. Mrs Ferrino saß da und las in einem dicken Lehrbuch.

»Oh. Entschuldigung!«, rief Quinn. »Ich wusste nicht, dass jemand hier ist.«

»Nein, *mir* tut es leid«, sagte Mrs Ferrino. »Ich wollte nicht stören. Ich versuche nur, ein bisschen zu lernen, während Charlie Buddy besucht. Mrs Alvarez hat gemeint, ich kann mir einfach ein leeres Zimmer suchen.«

»Sie müssen nicht gehen«, sagte Quinn schnell, als Mrs Ferrino anfing, ihre Notizen und Bücher wegzuräumen. »Wir finden schon einen anderen Platz.«

Mrs Ferrino lächelte schief. »Mein Hirn braucht eh mal eine Pause«, sagte sie. »Habt ihr schon mal so viel gelernt, dass ihr das Gefühl hattet, euer Gehirn wird gleich schmelzen und euch zu den Ohren rauskommen?«

Quinn und Eliza nickten mitfühlend. »Vielleicht ein- oder zweimal«, meinte Quinn.

»Die Woche!«, fügte Eliza lachend hinzu.

»Also, was ist bei euch beiden los?«, fragte Mrs Ferrino. »Ihr habt so ernst dreingeschaut, als ihr reingekommen seid, ich habe mir direkt Sorgen gemacht.«

Eliza wandte sich an Quinn. »Ja, schieß los«, sagte Eliza. »Deine Nachricht hat so ungefähr hundert Fragen offengelassen.«

»Es geht um Paisley und ihre Jungen«, erklärte Quinn. »Wenn wir niemanden finden, der sie alle aufnimmt, werden sie getrennt!«

Eliza rang hörbar nach Atem. »Nein! Das ist ja schrecklich!«, antwortete sie.

»Und genau deswegen müssen wir das verhindern«, sagte Quinn entschlossen. »Wir müssen einen Weg finden, wie sie zusammenbleiben können – was heißt, dass wir eine Familie finden müssen, die alle drei adoptieren will.«

Eliza wandte sich an Mrs Ferrino. »Sie haben vermutlich kein Interesse daran, ein paar Katzen zu adoptieren?«, fragte sie hoffnungsvoll.

Nein!, hätte Quinn am liebsten gerufen. Sie wollte Mrs Ferrino doch nicht in Verlegenheit bringen. Und außerdem, wenn die Ferrinos ein Tier aufnahmen, dann war das Buddy.

»Ich wünschte, das wäre möglich«, sagte Mrs Ferrino, die ihre Worte sorgsam wählte. »Aber für uns ist gerade nicht der richtige Zeitpunkt, ein Haustier aufzunehmen – oder drei auf einmal!«

Eliza ließ sich davon nicht unterkriegen. »Na ja, einen Versuch war es wert«, lächelte sie.

»Das ist die richtige Einstellung«, meinte Mrs Ferrino. »Fragen schadet ja nichts! Aber wir müssen die Leute aufmerksam machen …«

Quinns Miene hellte sich auf. »Sie wollen uns also helfen?«, fragte sie.

»Klar. Wenn ihr meine Hilfe brauchen könnt«, antwortete Mrs Ferrino. »Ich habe ohnehin das Gefühl, dem Tierheim eine ganze Menge zu schulden. Die Bewohner von *Candlewick* sind von Nana ganz begeistert, und Charlie liebt es, Zeit mit Buddy zu verbringen.«

»Sie schulden uns überhaupt nichts«, sagte Quinn.

»Trotzdem könnten wir Ihre Hilfe gut gebrauchen. Wenn wir in den nächsten Tagen keine Familie finden, die die Katzen aufnimmt …«

Quinn verstummte. An den Mienen von Eliza und Mrs Ferrino erkannte sie, dass sie den Satz nicht zu beenden brauchte.

»Also! Die Leute aufmerksam machen«, sagte Mrs Ferrino sachlich. Sie klappte eine leere Seite ihres Notizblocks auf. »Ich könnte ein süßes Foto von den Dreien schießen und online stellen. Wenn die Leute es in den sozialen Netzwerken teilen …«

»Genau!«, rief Quinn. »Außerdem könnten wir Flyer machen und in der Stadt verteilen. Im Büro steht ein Kopierer, und ich weiß, dass Mrs Alvarez nichts dagegen hat, wenn wir ihn benutzen.«

»Auf die Flyer sollte dann auch ein Foto von der Katzenfamilie«, meinte Eliza.

»Tolle Idee«, sagte Quinn. »Wir können zwar nicht in Farbe drucken, aber bei einem richtig scharfen Bild sollte das nichts ausmachen. Dann habe ich mir noch überlegt, demjenigen, der die ganze Familie adoptiert, drei von meinen Christbaumkugeln zu schenken. Für so etwas gibt es ein Extrawort, aber ich komm gerade nicht drauf.«

»Anreiz«, half Mrs Ferrino aus. »Und ich finde, das ist ein toller Anreiz, Quinn.«

»Ja, alle reden über deine Christbaumkugeln«, fügte Eliza hinzu. »Meine Mom wollte eine für Schneeflocke bestellen.«

»Wow – klar! Ich setze Schneeflocke gern auf die Liste«, sagte Quinn grinsend. Da kam ihr eine Idee. »Wartet mal eben – ich bin sofort zurück.«

Kurze Zeit später war Quinn wieder da. Die Arme voll mit – Kätzchen!

»Ohhh! Da sind sie ja!«, gurrte Eliza.

»Das hier ist die Mama, Paisley«, sagte Quinn und setzte Eliza eine wunderschöne mehrfarbige Katze auf den Schoß. »Und das ist Polka …« Sie überreichte Mrs Ferrino ein orange-getigertes Kätzchen. »… und ihre Schwester, Pünktchen.«

Quinn gab Pünktchen einen Kuss auf die Stirn. Sie versuchte, keinen zu bevorzugen, aber die schneeweiße Katze mit dem großen orangefarbenen Fleck auf dem Hinterkopf – und dem orange-getigerten Schwanz – hatte sie besonders ins Herz geschlossen.

»Das sind ja kleine Engel«, sagte Mrs Ferrino lachend, als Polka versuchte, an ihrem Ärmel hochzuklettern.

Quinn beugte sich über sie, um an ein Schubfach zu kommen, dass von Katzenspielzeug fast überlief. »Polka! Ich hab ein Mäuschen! Komm und hol es dir!«, rief sie. Dann rollte sie die Maus aus Katzenminze über den Boden. Wie ein pelziger Blitz jagten Polka und Pünktchen hinterher. Aber die Kätzchen achteten nicht darauf, wo sie hinliefen. Sie schlitterten über den Boden – und stießen zusammen. Alle brachen in Gelächter aus.

»Ein Foto kann nicht mal ansatzweise einfangen, wie süß die beiden sind«, meinte Eliza.

Mrs Ferrino nickte. »Stimmt. Vielleicht sollten wir lieber ein Video machen.«

»Zu schade, dass wir kein Geld haben«, sagte Quinn. »Könnt ihr euch vorstellen, was passiert, wenn wir mit diesen verrückten Kätzchen einen Werbespot drehen?«

»Das wäre die beste Werbung aller Zeiten«, kicherte Eliza.

Und mehr brauchte Quinn nicht für ihre nächste Idee. »Vielleicht könnten die Kätzchen für sich selbst Werbung machen!«, rief sie.

»Wie meinst du das?«, fragte Eliza.

Quinn zeigte auf die Kätzchen, die gerade um

ein Federspielzeug rangelten. »Das machen sie den ganzen Tag«, erklärte Quinn. »Die beiden erreichen doch auf der Süßheitsskala immerzu elf von zehn möglichen Punkten. Nur, dass es niemand sieht, weil sie hinten im Katzenflügel sind.«

»Sprich weiter«, sagte Mrs Ferrino ermunternd.

»Was, wenn wir sie ausstellen?«, meinte Quinn, die sich den Plan noch beim Sprechen zurechtlegte. »Nicht hier – das Tierheim ist zu weit ab vom Schuss. Aber wenn sie zum Beispiel in der Stadt im Schaufenster von einem Geschäft wären …«

»Es ist das letzte Wochenende vor Weihnachten«, sagte Mrs Ferrino.

»Die Leute gehen wie verrückt einkaufen«, fügte Eliza hinzu.

»Genau«, sagte Quinn. »Wenn wir also einen Laden dazu bringen, dass Polka, Pünktchen und Paisley ein paar Stunden dort bleiben können … und sie ihre Nummer abziehen …«

»Du wirst jede Menge Anfragen bekommen«, meinte Eliza. »Womöglich muss Mrs Alvarez das Tierheim schließen, weil keine Tiere mehr da sind.«

Quinn lachte. »Das wäre der Hammer«, meinte

sie zu ihrer neuen Freundin. Dann wandte sie sich an Mrs Ferrino. »Sagen Sie ehrlich … ist das eine dumme Idee? Haben wir eine Chance?«

»Eine Chance gibt es *immer*«, sagte Mrs Ferrino mit Nachdruck. »Jetzt müssen wir nur noch einen Laden finden, der für so eine Idee offen ist. Die Restaurants scheiden schon mal aus – das geht aus Hygienegründen nicht …«

»Das Postamt?«, schlug Eliza vor.

»Wie wäre es mit dem Laden, der diese handgefertigten Vasen und Ketten und so Zeug verkauft?«, fragte Quinn. »Da ist über die Feiertage richtig viel los.«

Mrs Ferrino nickte langsam. »Ja – wir sind auf der richtigen Spur«, antwortete sie. »Aber das ist vielleicht nicht der richtige Laden. Zu viele zerbrechliche Sachen …«

»Stimmt«, gab Quinn zu. »Daran habe ich gar nicht gedacht. Wenn Polka und Pünktchen aus dem Schaufenster ausbrechen und das Geschäft unsicher machen …«

»Eine *Katz*astrophe!«, kreischte Eliza, und brach hinter vorgehaltener Hand in Gelächter aus. Sogar Mrs Ferrino musste bei dem Gedanken lachen.

Plötzlich weiteten sich Quinns Augen. »Der Buchladen!«, rief sie.

»Du meinst den neuen, der letzten Monat aufgemacht hat?«, fragte Mrs Ferrino.

»Ja!«, sagte Quinn eifrig. »Die Besitzer waren letzte Woche hier. Sie lieben Katzen – sie haben Rufus für den Laden adoptiert – oh, ich hoffe, sie sagen ja.«

»Worauf wartest du noch?«, fragte Eliza und knuffte Quinn sanft in die Seite. »Los! Ruf sie an! Jetzt gleich!«

Quinn schnappte sich ihr Telefon und lief vor zum Empfangsraum, um in Rufus' Papieren nach der Nummer seiner neuen Besitzer zu suchen. Sie war so aufgeregt, dass sie nicht einmal bemerkte, dass sie die Luft anhielt.

Nach dem dritten Läuten hörte sie eine vertraute Stimme. »Hallo, willkommen bei *Seitenweise*! Wie kann ich Ihnen helfen?«

Das war June!

»Hallo? June?«, fragte Quinn hastig. »Hier ist Quinn Cooper vom Tierheim Marion.«

»Oh, hi, Quinn!«, rief June fröhlich. »Rufst du an, um dich nach meinem kleinen Freund Rufi-Schnuffi zu erkundigen? Er macht sich großartig!«

»Das ist ja toll!«, sagte Quinn. »Wie gefällt ihm der Laden?«

»Er *liebt* ihn«, antwortete June. »Er setzt sich gerne ganz oben auf die Regale und beobachtet, wie die Leute kommen und gehen. Und nachmittags legt er sich immer in das sonnige Fenster und schnurrt und schnurrt. Du solltest uns online folgen. Wir laden jeden Tag Fotos hoch.«

»Ist das cool«, meinte Quinn. »Ich folge euch auf jeden Fall.«

»Und wir haben schon eine neue Sache in Planung: die *Rufus-Rundschau*«, fuhr June fort. »James und ich schreiben Buchbesprechungen, aber so, als würde Rufus sie machen. Ist das nicht urkomisch?«

»Das ist witzig«, antwortete Quinn, die in Gedanken aber immer noch bei dem sonnigen Fenster war, das June erwähnt hatte. »Ich freue mich wirklich, dass es Rufus so gutgeht … aber ich rufe aus einem anderen Grund an.«

»Ja, okay«, sagte June. »Schieß los.«

»Ich wollte Sie eigentlich um einen Gefallen bitten«, sagte Quinn. »Erinnern Sie sich an die beiden Kätzchen, die zu vermitteln sind?«

»Natürlich«, meinte June. »Die kleinen Schätzchen.«

»Na ja, wir suchen verzweifelt nach einem Zuhause für sie«, begann Quinn. Und dann erzählte sie June die ganze Geschichte.

Quinn hatte kaum ausgeredet, da rief June schon: »Natürlich können die Kätzchen über das Wochenende in unser Schaufenster! Wir helfen wirklich gerne. Ich bin da ganz deiner Meinung – die süßen kleinen Engel müssen zusammenbleiben.«

»Vielen, vielen Dank«, seufzte Quinn glücklich.

»Ich werde gleich mit James reden«, versprach June. »Er kümmert sich um die Schaufenster und die Dekoration. Ich bin sicher, er wird sich etwas ganz Besonderes einfallen lassen.«

»Wirklich?«, fragte Quinn.

»Und weißt du was? Bestimmt können wir einen Live-Stream auf unsere Webseite stellen!«, rief June. »Alle werden einschalten, um die Kätzchen im Schaufenster zu sehen! Das wird ein Riesenerfolg!«

»Das hoffe ich! Dann finden wir ganz sicher ein Zuhause für Paisley, Polka und Pünktchen«, antwortete Quinn.

»Wir tun alles, was in unserer Macht steht«, versprach June. »Kannst du die Kleinen Samstagvormittag vorbeibringen? Vielleicht so um halb zehn?«

»Auf alle Fälle«, sagte Quinn. »Vielen, vielen Dank, June. Das wird phantastisch!«

Quinn steckte ihr Handy in die Tasche und eilte zurück zu den anderen. Sie hatten Fotos zu schießen … Poster zu malen … Schilder aufzuhängen … und keine Zeit zu verlieren!

Samstagmorgen in aller Frühe holten Quinn und ihr Dad die Kleinen ab. Mrs Alvarez hatte sie und Paisley schon in einen Katzenkorb gesetzt. Die Kätzchen wussten nicht recht, was sie von dieser seltsamen Kiste mit den kleinen Löchern in den Wänden halten sollten.

»Keine Angst, Miezen«, flüsterte Quinn ihnen zu und steckte einen Finger in den Korb. »Heute erleben wir ein kleines Abenteuer.«

Eines der Kätzchen stupste ihren Finger an und schleckte ihn dann ab. Quinn wusste, dass Katzen, die Küsschen verteilten, ein gutes Zeichen waren.

»Danke, dass du das in die Wege geleitet hast, Quinn«, sagte Mrs Alvarez. »Ich habe ein *wirklich* gutes Gefühl bei der Sache.«

»Ich auch«, meinte Quinn. »Vergessen Sie nicht, die Webseite von der Buchhandlung zu checken.

June hat versprochen, dass das Live-Stream-Video den ganzen Tag laufen wird.«

»Das lasse ich mir nicht entgehen«, sagte Mrs Alvarez.

Quinn wollte gerade aufbrechen, da kam ein Ehepaar mit ihrer kleinen Tochter herein. »Hi. Wir haben überlegt, ob wir Ihre Welpen anschauen könnten?«, fragte der Mann.

»Ach! Wir haben einen tollen Hund, der eine Familie sucht!«, ergriff Quinn das Wort. »Er heißt Buddy. Und wenn ich Ihnen ein Geheimnis verraten darf: Er ist der beste Hund aller Zeiten! Und damit meine ich, der beste Hund in der gesamten Menschheitsgeschichte!«

Quinn lächelte strahlend und wartete auf die Antwort der Familie. Allein daran zu denken, Charlie und Buddy zu trennen, zerriss ihr zwar das Herz, aber es wäre noch trauriger, wenn Buddy die nächsten zwei Jahre im Tierheim verbringen müsste – ohne eigene Familie, ohne eigenes Zuhause.

»Na, was denkst du, Schätzchen?«, fragte die Mutter ihre Tochter. »Willst du einen Hund namens Buddy kennenlernen?«

Aber die Kleine schob die Unterlippe vor und

schüttelte energisch den Kopf. »Welpe«, sagte sie bestimmt. »Ich will einen kleinen *Baby*-Welpen.«

Die Eltern lächelten Quinn entschuldigend an. »Tut mir leid. Sie hat sich einen Welpen in den Kopf gesetzt«, sagte der Vater und stellte sich an den Empfangstisch.

Quinn verstand schon – irgendwie. Die Leute wollen eben, was sie wollen, und man kann sie nicht zwingen, ein Haustier zu nehmen, das ihnen nicht in den Kram passt. Außerdem wäre es auch für Buddy nicht gut, in einer Familie zu leben, die lieber einen Welpen gehabt hätte.

Trotzdem wünschte sie sich, dass eines schönen Tages eine Familie Buddy wenigstens eine Chance gab.

Vielleicht nächstes Mal, Buddy, dachte Quinn.

Die Buchhandlung war nur wenige Blocks entfernt, aber Quinn und ihr Dad nahmen das Auto, damit die Kätzchen sich nicht erkälteten.

»Ich lasse euch vor der Tür raus«, erklärte Dad, »und komme nach, sobald ich einen Parkplatz gefunden habe.«

»Du bist einfach der Beste, Dad«, sagte Quinn dankbar. »Mrs Alvarez hat gemeint, ich muss nicht den ganzen Tag dableiben, aber irgendwie würde ich schon gerne.«

»Wir können bleiben, solange du willst«, antwortete ihr Dad.

»Los, meine Miezen«, flüsterte Quinn den Kätzchen im Korb zu. »Wir finden euch ein Zuhause!«

Nachdem sie zweimal überprüft hatte, dass die Tür des Katzenkorbs ordentlich verschlossen war, stieg Quinn aus dem Wagen. Der Laden war ein paar Häuser weiter, aber schon jetzt bemerkte sie, dass sich im Schaufenster etwas tat. James gab der Dekoration noch den letzten Schliff – und die war schöner, als Quinn es sich je hätte erträumen können!

Ein gigantisches Puppenhaus im viktorianischen Stil füllte fast das ganze Schaufenster aus. Es hatte vier Stockwerke und echte Lampen, die ein sanftes Licht verströmten. Beim näheren Hinsehen erkannte Quinn, dass jedes Zimmer mit einem anderen Katzenspielzeug ausgestattet war: Da eine Maus aus Katzenminze und eine Federangel, hier ein Flummi und ein Spielzeug mit Messingglöckchen. In manchen Zimmern lagen weiche Samtkissen – perfekt für ein kleines, müdes Kätzchen, dass ein Nickerchen machen wollte!

Winzige Eiszapfen, die im Licht glitzerten, hingen vom Dachvorsprung und auf dem First prangte ein Spielzeugschlitten, gezogen von acht Rentieren. Darüber hing ein Banner, auf dem »In der Nacht vor dem Christfest« zu lesen war; glitzernde Lichterketten rundeten das festliche Bild ab.

Aber das Puppenhaus war noch nicht alles. Davor hatten sie einen großen Spielplatz mit allerlei Gerätschaften in Katzengröße aufgebaut – es gab Schaukeln, eine Rutsche und ein Karussell!

Aber am besten war das wunderschöne Schild im Hintergrund. Darauf stand geschrieben:

Öffnen Sie dieses Weihnachten
Ihr Herz und Ihr Heim.
Paisley, Polka und Pünktchen
suchen ein Zuhause.
Können Sie es ihnen geben?

Übers ganze Gesicht strahlend klopfte Quinn an die Scheibe, um James auf sich aufmerksam zu machen. Er drehte sich um und winkte.

»Das ist der Hammer!«, rief Quinn durch die Glasscheibe. »Unglaublich!«

»Komm rein«, sagte James und winkte. »Ich bin fast fertig!«

Quinn schlüpfte durch die Tür, wo June gerade Tabletts mit frisch gebackenen Plätzchen auf die Theke stellte. »Guten Morgen, Quinn!«, sagte sie fröhlich. »Willst du einen Keks? Eigentlich sind die ja für den Weihnachtsmann, aber dem macht teilen bestimmt nichts aus.«

»Danke!«, antwortete Quinn. »June – das Schaufenster – es ist *perfekt*! Ich weiß gar nicht, was ich sagen soll.«

»Freut mich, dass es dir gefällt!«, erwiderte June. »James und ich haben Ideen gesammelt und natürlich wollten wir ein Thema aus der Literatur nehmen – da kamen wir auf das Gedicht ‚In der Nacht vor dem Christfest'. Und es gibt wohl nichts, was hinreißender ist, als Kätzchen in einem Puppenhaus.«

»Ich kann mir auf jeden Fall nichts Süßeres vorstellen«, sagte Quinn.

Junes Augen funkelten. »Also, was meinst du … können sie einziehen?«

»Tun wir's!«, antwortete Quinn.

June führte Quinn durch den Laden zum Schaufenster. »Hier ist eine kleine Tür«, erklärte sie und zeigte Quinn die schmale Tür, die ins Schaufenster führte. »Willst du reingehen?«

»In das Schaufenster?«, fragte Quinn überrascht.

»Klar! Das ist lustig«, erwiderte June. »Eng, aber lustig.«

Quinn schob den Katzenkorb durch das Türchen und kletterte hinterher.

»Hey, Quinn«, sagte James. »Und, was sagst du? Irgendwelche Anregungen?«

Quinn schüttelte den Kopf. »Es ist perfekt«, meinte sie. »Und die Kätzchen werden es *lieben*!«

»Ich bin so aufgeregt. Was die Kleinen wohl machen werden?«, sagte James. »Okay … der Augenblick der Wahrheit … Lass die Kätzchen los!«

Quinn kniete sich hin und öffnete den Katzenkorb. Paisley, Polka und Pünktchen hatten sich ganz hinten zusammengekauert. Einen langen Augenblick lang starrten sie Quinn an.

»Auf geht's, meine Kleinen«, sagte Quinn mit ihrer sanftesten Stimme. »Ihr könnt jetzt rauskommen.«

Aber sie rührten sich nicht.

Zum ersten Mal an diesem Tag machte Quinn sich Sorgen. *Was, wenn sie zu nervös sind, um herauszukom-*

men?, dachte sie. *Was, wenn sie so große Angst haben, dass sie nicht spielen, wie sonst?*

»Ich habe eine Idee«, meinte James. Er nahm eine Federangel aus dem Puppenhaus und ließ sie vor dem Katzenkorb baumeln.

Pünktchen legte den Kopf schief. Zögerlich machte sie einen Schritt nach vorne … dann noch einen …

James zog die Angel ein kleines Stück weg.

Pünktchen folgte ihr.

Regungslos und mit angehaltenem Atem beobachtete Quinn das Schauspiel. Nur noch ein paar Schritte und Pünktchen wäre im Freien. Das kleine Kätzchen zögerte. Es blieb stehen wie erstarrt. Nur die Augen bewegten sich kaum merklich, während ihr Blick dem wippenden Spielzeug folgte. Dann …

Zisch!

Wie ein pelziger Blitz sauste Pünktchen aus dem Korb, Polka dicht auf ihren Fersen. Lachend hob Quinn die Kleinen auf und setzte sie in das Puppenhaus. Schon flitzten sie die Treppen hinauf und herunter, jagten durch die Zimmer und blieben nur stehen, um das Spielzeug zu inspizieren, dass sie auf ihrem Weg entdeckten.

Als Paisley den Korb verließ, wusste Quinn, es war

Zeit, sich zurückzuziehen und den Katzen die Bühne zu überlassen. James stellte die Kamera noch richtig ein, dann kletterten Quinn und er zurück durch die Tür.

»Wie sieht's aus?«, fragte James June, die auf ihr Smartphone starrte.

Grinsend blickte sie auf. Sie hielt James und Quinn das Handy hin.

»Wir senden!«, rief sie.

»Die Kätzchen sind online?«, quiekte Quinn.

June nickte. »Wartet mal … ich muss noch schnell den Link online stellen.«

Quinn griff ebenfalls nach ihrem Handy. Das musste sie allen schreiben – Mrs Alvarez und Mrs Ferrino, Annabelle und Eliza.

Da kam ihr Dad in die Buchhandlung. »Ihr sorgt ganz schon für Aufsehen da draußen«, erzählte er Quinn. »Wenn hier alles vorbei ist, haben die Kätzchen wahrscheinlich ihren eigenen Fanclub. Und wie geht es jetzt weiter?«

»Jetzt warten wir«, meinte Quinn.

Im Buchladen herrschte den ganzen Tag lang reger Betrieb: Ein Mann im Weihnachtsmannkostüm posierte für Fotos mit den Kindern, während James und June den Kunden halfen, das perfekte Buch zu finden. Gleichzeitig schafften sie es, dass immer warme Plätzchen direkt aus dem Ofen auf der Theke standen. Quinn half, wo sie nur konnte – und behielt dabei immer die Kätzchen im Auge. Es war kaum zu glauben, wie viele Leute den Live-Stream auf der Webseite verfolgten! Quinn glaubte fest daran, dass wenigstens der eine oder andere die Kätzchen haben wollte.

Mal ehrlich, wer konnte da widerstehen?

9

Montagabend hatte das Tierheim immer lange geöffnet. Das kam Quinn sehr gelegen, besonders, wenn ihr Vater eine Abgabefrist einhalten musste und bis spät in die Nacht in seinem Arbeitszimmer saß. Mrs Alvarez hatte nichts dagegen, wenn Quinn bis zum Schluss blieb. Normalerweise bestellte sie ein paar Pizzen für die Angestellten, die immer gerne mit Quinn teilten.

Quinn saß am elektrischen Kamin und machte sich daran, Paisleys Gesicht auf einer Christbaumkugel zu verewigen. Sie warf einen Blick auf die Liste. Nach Paisley kamen die Kugeln für Polka und Pünktchen, als Nächstes war Schneeflocke für Elizas Familie an der Reihe, und dann fehlte nur noch die für Annabelle und ihren Hund Bumblebee. Quinn musste lächeln, als sie daran dachte, wie sie eine braune Version von Bumblebee auf ihre erste Christbaumkugel gemalt hatte. Wie viel seitdem passiert war!

Und dann … nach der letzten Kugel für Annabelle … wäre Quinn dann fertig? Hie und da kamen noch Bestellungen rein, aber es waren nur noch vier Tage bis Weihnachten. Und sie hatte das Gefühl, dass die Nachfrage ziemlich abrupt einbrechen würde, wenn die Feiertage vorbei waren. Aber obwohl Quinn die Christbaumkugeln irgendwie vermissen würde, freute sie sich auch auf das Tonprojekt, dass sie in den Ferien angehen würde.

Am besten war allerdings, dass Quinn fast schon genug Geld für ihr Ticket nach Kalifornien zusammenhatte! Sie hatte es sich zur Gewohnheit gemacht, jeden Abend vor dem Schlafengehen die Flugpreise auf ihrem Smartphone zu checken. Sobald Annabelle von Quinns riesiger Überraschung erfuhr, würden sie gemeinsam ein Datum festlegen. Dad würde ihr Ticket buchen, und dann wäre es nur noch eine Frage der Zeit, bis die Freundinnen wieder vereint waren! Quinn war noch nie in Kalifornien gewesen, aber sie konnte es sich vorstellen: Sonnenschein und Palmen, Swimmingpools und das ganze Jahr lang blühende Blumen. Und sie brauchte nicht ihre Vorstellungskraft zu bemühen, um zu wissen, wie schön es sein würde, wieder mit Annabelle zusammen zu sein!

»Wie ruhig es heute Abend ist«, meinte Quinn, als sie golden funkelnde Sterne rund um Paisleys Gesicht streute.

»Vielleicht, weil übers Wochenende so viel los war«, sagte Tommy und griff nach einem weiteren Stück Pizza.

»Nicht nur, dass wir *sieben* Anfragen für die Kätzchen bekommen haben, auch die Welpen sind vermittelt – alle fünf!«, fügte Mrs Alvarez hinzu. »Ich finde, unsere Weihnachtswichtelaktion war ein Riesenerfolg – auch wenn nicht alle zwölf vor Weihnachten ein Zuhause gefunden haben. Die Zahl der Adoptionen insgesamt ist durch die Decke gegangen!«

»Aber es ist noch nicht vorbei«, sagte Quinn. »Drei Hunde warten noch auf ihre Familie.« Sie zählte sie an den Fingern ab. »Tops und Tippy und Buddy.«

»Ja, das stimmt«, seufzte Mrs Alvarez. »Wir haben noch vier Tage. Alles ist möglich. Aber wir müssen realistisch bleiben. Wenn die Hunde noch vor Weihnachten ein Zuhause finden sollen, dann bräuchten wir spätestens morgen den Antrag – und selbst dann wird es knapp. Und es war uns ja klar, dass Tops und Tippy schwer zu vermitteln sind. Es ist nicht leicht, jemanden zu finden, der zwei Hunde auf einmal nimmt, besonders wenn einer davon so groß ist wie Tops.«

»Aber es ist Weihnachten!«, beharrte Quinn. »Die Zeit der Wunder. Wer weiß, was noch passiert?«

»Wer weiß«, wiederholte Mrs Alvarez, den Blick auf den Parkplatz geheftet, wo ein Auto zum Stehen kam. Die Scheinwerfer durchschnitten die eisige Dunkelheit. »Tommy, ist das das Paar, das schon am Wochenende hier war?«

»Ich glaube schon«, meinte ihr Sohn, der aus dem Fenster spähte. »Sie waren am Samstagnachmittag ein paar Stunden hier. Und hatten Interesse an einem Hund, wenn ich mich recht entsinne.«

Buddy!, dachte Quinn mit hoffnungsvoll klopfendem Herzen. Bekam er endlich seine Chance?

Sie legte den Pinsel zur Seite, als eine Frau und ein Mann durch die Tür kamen.

»Hallo«, sagte Tommy. »Schön, Sie wiederzusehen.«

»Schließen Sie schon?«, fragte die Frau. »Wir kommen direkt von der Arbeit.«

»Kein Problem«, versicherte ihnen Mrs Alvarez. »Wie kann ich Ihnen helfen?«

Der Mann und die Frau tauschten ein vergnügtes Lächeln.

»Ich kann gar nicht fassen, dass wir das wirklich machen«, sagte er, »aber ich glaube, wir würden gerne *zwei* Hunde adoptieren.«

»Den großen und den kleinen«, fügte seine Frau hinzu. »Wir konnten das ganze Wochenende an nichts anderes denken! Es gefällt mir, dass sie so unzertrennlich sind.«

»Ein bisschen wie wir«, meinte der Mann und griff nach ihrer Hand.

»Wir wollen dafür sorgen, dass sie zusammenbleiben können – für immer«, fügte die Frau hinzu. »Außerdem sind sie so ein lustiges Pärchen. Der große Tops und der winzige Tippy.«

»Das sind ja phantastische Nachrichten!«, rief Mrs Alvarez. »Wenn Sie noch diese Papiere für mich ausfüllen könnten? Ich bearbeite Ihren Antrag dann gleich morgen früh.«

»Kann ich zu den Hunden, solange Ted die Formulare ausfüllt?«, fragte die Frau.

»Klar«, sagte Quinn. »Ich begleite Sie nach hinten.«

»Ich kann immer noch nicht glauben, dass wir das wirklich machen«, vertraute die Frau Quinn an. »Sonst hatten wir immer nur einen Hund auf einmal – aber keine zwei. Und als unser letzter Hund,

Sandy, gestorben ist, waren wir so untröstlich – wir haben schon gedacht, dass wir gar kein Haustier mehr haben wollen.«

Quinn lächelte mitfühlend. »Das ist schlimm«, sagte sie. »Es kommen viele Leute, die so denken, nachdem sie ein Haustier verloren haben. Aber Mrs Alvarez sagt immer, die Zeit heilt alle Wunden.«

»Das stimmt«, nickte die Frau. »Vor zwei Monaten wären wir noch nicht so weit gewesen. Aber jetzt – jetzt sind wir es.«

Quinn öffnete die Tür zum Zwinger von Tops und Tippy. »Im Besuchsraum ist es bequemer«, erklärte Quinn. »Ich schicke Ihren Mann nach hinten, wenn er fertig ist.«

»Danke!«, sagte die Frau.

Quinn ging allerdings nicht gleich nach vorne. Stattdessen blieb sie vor Buddys Zwinger stehen. »Hey, Buddy«, sagte sie.

Buddy hatte sich wieder in seiner Ecke zusammengerollt und starrte an die Wand, aber sein Schwanz machte *tok-tok-tok*, als er Quinns Stimme hörte. Charlie war am Nachmittag da gewesen, das war aber schon ein paar Stunden her. Und Buddy war wie ausgewechselt gewesen. Hätte Quinn es nicht mit eigenen Augen gesehen, sie hätte es nicht geglaubt. Wenn Charlie hier war, dann war Buddy ein lustiger, glücklicher Hund voller Energie.

Und wenn Charlie nicht hier war? Dann war Buddy still. Einsam. Traurig. Quinn versuchte, nicht daran zu denken, wie Weihnachten für Buddy verlaufen würde, wenn er in den nächsten Tagen kein Zuhause fand. Sie wusste, dass ein Angestellter am ersten Weihnachtsfeiertag vorbeikam, nach den Tieren sah und sie fütterte – ansonsten aber würde es ein langer, einsamer Tag für Buddy. Er wusste ja nicht, dass es ein Feiertag war. Wahrscheinlich würde er den ganzen Tag auf Charlie warten. Vielleicht würde er sich auch fragen, wo Quinn blieb. Bei dem Gedanken schossen Quinn die Tränen in die Augen – sie war entschlossener denn je, Buddy ein Zuhause zu finden.

»Gib nicht auf, Buddy«, sagte Quinn. »Es gibt noch Hoffnung. Wir haben immer noch eine Chance!«

10

Am Morgen des 24. Dezember wachte Quinn schon in der Dämmerung auf. Eigentlich gab es keinen Grund, schon bei Tagesanbruch aufzustehen. Die Weihnachtsferien hatten begonnen – Schulschluss war schon gestern gewesen –, aber wer schlief denn an Heiligabend bis in die Puppen? Quinn auf jeden Fall nicht! Nicht wenn es galt, Geschenke einzupacken, Plätzchen zu backen, und die letzten Christbaumkugeln mussten auch noch ausgeliefert werden. Außerdem wollte sie im Tiergeschäft vorbeischauen und für Buddy ein Geschenk kaufen – einen Knochen oder vielleicht ein Quietschi. Das war das Mindeste, was sie tun konnte, wo sie doch ihr Versprechen nicht hatte halten können.

Schnell zog Quinn sich an. Sie wählte ihre Lieblingsjeans und einen kirschroten Pulli. Und nur so zum Spaß legte sie noch ihre Weihnachtsohrringe an, die sie ja das restliche Jahr über schlecht tragen konnte. Sie waren wie kleine Glöckchen geformt und klingelten, wann immer sie den Kopf bewegte.

»Guten Morgen, Quinn«, sagte ihr Vater, als sie in die Küche kam. »Du siehst ja selber aus wie ein kleiner Weihnachtswichtel!«

»Fröhliche Weihnachten, Dad!«, rief Quinn. »Ich hätte keine Minute länger schlafen können – selbst wenn ich es versucht hätte. Hey, kannst du mich fahren?«

»Klar«, sagte Dad. »Wohin willst du?«

»In die Stadt«, erklärte sie. »Ich muss noch etwas einkaufen.«

Dad zog eine Grimasse. »Einkaufen? An Heiligabend?«, stöhnte er. »Bist du verrückt geworden?«

Quinn musste lachen. »Ich brauche nur eine Sache«, sagte sie. »In der Zoohandlung. Ein Geschenk für Buddy.«

»Heißt das, er wurde nicht adoptiert?«, fragte Dad.

Quinn schüttelte den Kopf. »Noch nicht«, sagte sie. »Vielleicht nach Weihnachten. Dann feiert Buddy ein glückliches neues Jahr, anstelle von einem fröhlichen Weihnachten.«

Dad griff nach seiner Geldbörse. »Brauchst du Geld für Buddys Geschenk?«

»Nein, ich kann selbst zahlen«, meinte Quinn schnell. »Ich hab das ganze Geld von den Christbaumkugeln gespart und …«

Quinn brach mitten im Satz ab.

»Und was?«, wollte Dad wissen.

»Ich …«, sagte Quinn.

Dad schaute sie besorgt an. »Alles klar?«

»Ich … warte kurz. Ich muss etwas nachschauen«, stammelte Quinn. »Bin gleich wieder da.«

Quinn sprang von ihrem Stuhl auf und rannte zurück in ihr Zimmer. Das Herz hämmerte ihr in der Brust, obwohl sie versuchte, sich nicht aufzuregen – zumindest noch nicht. Es war nur eine Idee – eine verrückte, ungestüme, ganz und gar unerwartete und in ihren Folgen unberechenbare Idee – aber wenn es funktionierte – und es könnte funktionieren …

Mit zitternden Händen griff sie nach dem kleinen Notizheft, in dem sie über ihre Einnahmen Buch führte. Es stimmte – sie hatte tatsächlich jeden Cent gespart, den sie an den Christbaumkugeln verdient hatte. Dad hatte ihr versichert, dass es für ein Flugticket nach Kalifornien reichen würde, und sie sogar noch ein Taschengeld übrig haben würde.

Aber war es auch genug – könnte es reichen – um Buddys Adoption zu finanzieren?

Wenn Geld der *einzige* Grund war, weshalb Mrs Ferrino und Charlie nicht in der Lage waren, Buddy zu adoptieren – konnte Quinn nicht aushelfen? Dann gab es zwar keine Reise nach Kalifornien – zumindest nicht in den nächsten Frühlingsferien –, aber Quinn zögerte keine Sekunde.

Sie nahm einen Stift zur Hand und schrieb eine Liste:

– Futter
– Hundebett und Spielsachen
– Leine, Halsband, Hundemarke
– Tierarztrechnungen

Quinn wusste nicht genau, wie viel all das kosten würde.

Aber sie wusste, wie sie es herausfinden konnte.

Ein paar Stunden später platzte Quinn ins Tierheim Marion.

»Ho, ho, ho!«, rief Mrs Alvarez von der Theke her. »Du hast Charlie knapp verpasst. Er und seine Mutter sind kurz vorbeigekommen, um Buddy einen Knochen zu schenken.«

»Mrs Alvarez«, sagte Quinn hastig. »Ich habe eine Idee.«

Etwas an Quinns Stimme ließ Mrs Alvarez aufhorchen. Sie legte ihren Stift beiseite. »Ich höre.«

»Ich will Buddys Adoption finanzieren«, erklärte Quinn. Sie legte ihr Notizheft vor Mrs Alvarez auf den Tisch und redete hastig weiter. »Ich habe den ganzen Vormittag lang ausbaldowert, wie viel ein Hund im Jahr kostet. Hier sind die Kosten für das Futter, und dann habe ich noch zwei Besuche beim Tierarzt eingerechnet? Ich weiß, dass Buddy mit allen Impfungen auf dem neuesten Stand ist. Und ich habe auch nachgeschaut, wie viel die Stadt an Hundesteuer verlangt, und wie viel neue Hundemarken mit der Adresse der Ferrinos darauf kosten. Und ich habe genug. Ich habe genug Geld gespart, um das alles zu bezahlen.«

»Langsam, langsam«, sagte Mrs Alvarez und hob die Hand. »Langsam. *Du* willst Buddy adoptieren?«

Quinn schüttelte den Kopf. »Nein, nicht ich«, erklärte sie. »Ich will das Geld den Ferrinos geben, damit sie Buddy adoptieren können. Verstehen Sie nicht? Es ist perfekt. Buddy und Charlie können zusammen sein – und Buddy feiert Weihnachten in seinem neuen Zuhause!«

»Aber wie …«

»Das Geld von meinen Christbaumkugeln«, antwortete Quinn, noch bevor Mrs Alvarez ausreden konnte. »Ich wollte doch ein Flugticket kaufen, um Annabelle zu besuchen … aber es ist wichtiger, dass Buddy ein Zuhause bekommt. Und ich kann noch mehr Geld sparen. Vielleicht kann ich nächsten Sommer nach Kalifornien fliegen.«

Mrs Alvarez lächelte, aber ihre Lippen zitterten wie von Gefühlen überwältigt.

»Kann es klappen?«, fragte Quinn mit einem Hauch Nervosität in der Stimme. »Stimmen meine Berechnungen?«

Mrs Alvarez warf einen Blick in Quinns Notizheft. Die kurze Pause, die folgte, kam Quinn wie eine Ewigkeit vor. Endlich schaute Mrs Alvarez auf.

»Du hast hart gearbeitet, um dir dieses Geld zu verdienen, Quinn«, sagte sie. »Bist du ganz sicher, dass du das machen willst?«

»Ja, das bin ich«, antwortete Quinn. »Ich bin im Leben noch nie so sicher gewesen. Aber funktioniert es? Habe ich etwas vergessen?«

»In meinen Augen sieht es gut aus«, sagte Mrs Alvarez schließlich. »Natürlich können wir nicht in die Zukunft schauen. Aber, um deine Frage zu beantworten, ja – das Geld, das du gespart hast, sollte mindestens ein Jahr reichen.«

Quinn wollte schon losjubeln, doch Mrs Alvarez hob die Hand. »Aber was ist mit dem zweiten Jahr?«, fragte sie. »Du weißt, Mrs Ferrino muss zwei Jahre auf die Schule gehen.«

»Mehr Christbaumkugeln«, gab Quinn zurück. »Im Herbst mache ich Werbung. Bestimmt bestellen noch mehr Leute. Vielleicht kann ich hier ein Schild aufhängen – so kann jeder, der ein Tier adoptiert, eine bestellen. Und ich habe schon überlegt, ob ich nicht Tierporträts malen kann. Zum Einrahmen und An-die-Wand-Hängen. Die können die Leute das ganze Jahr über kaufen.«

»Eine tolle Idee«, sagte Mrs Alvarez. »Ich glaube, dass du eine Menge Kunden hättest, junge Dame.«

»Also machen wir es?«, quiekte Quinn hoffnungsvoll. »Können wir Buddy noch *heute* zu den Ferrinos bringen?«

»Vielleicht«, meinte Mrs Alvarez. »Aber ich muss zuerst mit Mrs Ferrino sprechen.«

»Aber dann verderben wir die Überraschung«, sagte Quinn.

»Wir brauchen ihr Einverständnis«, erklärte Mrs Alvarez. »Es wäre gegen die Vorschriften, wenn wir jemandem ein Tier bringen, ohne dass er davon weiß.«

Das gefiel Quinn zwar nicht, aber sie musste zugeben, dass Mrs Alvarez recht hatte. »Können wir wenigstens Charlie überraschen?«, fragte sie.

»Auch das muss Mrs Ferrino entscheiden«, sagte Mrs Alvarez und griff nach dem Telefon. »Ich rufe sie sofort an. Willst du so lange zu Buddy gehen?«

Mrs Alvarez' Tonfall verriet ihr, dass das keine Frage gewesen war. Aus irgendeinem Grund wollte Mrs Alvarez nicht, dass Quinn das Gespräch mithörte. Quinn war schon auf dem Weg in den Hundeflügel, da hörte sie Mrs Alvarez sagen: »Hallo, spreche ich mit Olivia? Hier ist Anita Alvarez vom Tierheim Marion.«

Quinn schlüpfte in Buddys Zwinger. Er blickte auf, und sein Schwanz machte *tok-tok-tok*.

Sie setzte sich neben Buddy und kraulte ihm den Rücken. »Vielleicht haben wir es geschafft, Buddy«, flüsterte sie. Ihr Herz pochte im Einklang mit ihren Gedanken: *Hoff-nung, Hoff-nung, Hoff-nung*.

Die Minuten verstrichen, während Quinn darauf wartete, dass Mrs Alvarez das Gespräch beendete. Mrs Ferrino *musste* ja sagen! Da war es: Das Weihnachtswunder, auf das Quinn – und Buddy – die ganze Zeit gewartet hatten.

Endlich hörte Quinn Schritte. Auch Buddy merkte auf. Als Mrs Alvarez und Tommy im Flur auftauchten, sprangen Mädchen und Hund gleichzeitig auf.

»Und?«, fragte Quinn. »Was hat sie gesagt?«

»Sie hat ja gesagt!«, rief Mrs Alvarez und strahlte übers ganze Gesicht.

»Ja!«, jauchzte Quinn. »Ja, ja, ja, ja, *ja*!«

Dann umarmte Quinn Buddy, und Buddy bellte, und Tommy und Mrs Alvarez lachten, und Quinn war so glücklich, dass sie gleichzeitig weinen und lachen und singen wollte.

»Du gehst nach Hause, Buddy!«, jubelte Quinn. »Nach Hause zu deiner neuen Familie! Nach Hause zu Charlie!«

Buddy neigte den Kopf und schaute sie verdutzt an. Natürlich verstand er sie nicht – wie denn auch? Aber er erkannte Charlies Namen, er wusste, wer Charlie war. Und schon bald wären sie für immer vereint. Quinns Herz lief vor Glück förmlich über.

»Können wir ihn gleich hinbringen?«, fragte Quinn.

Mrs Alvarez warf einen Blick auf ihre Uhr. »Bald«, sagte sie. »Zuerst müssen wir in die Zoohandlung und alle seine Sachen besorgen.«

»Ich gehe«, meldete Tommy sich freiwillig.

»Hier«, sagte Quinn und drückte ihm den Umschlag mit dem Geld in die Hand. »Meine Liste liegt noch vorne an der Theke.«

»Ich beeile mich«, versprach Tommy.

Mrs Alvarez wandte sich an Quinn. »Okay. Dann machen wir Buddy fertig.«

»Fertig machen?«, wiederholte Quinn. »Wie meinen Sie das?«

»Baden, kämmen, Nägel knipsen«, erklärte Mrs Alvarez. »Körperpflege!«

»Schon kapiert«, kicherte Quinn. »Hunde-Wellness!«

»Genau«, meinte Mrs Alvarez. »Komm mit!«

Mrs Alvarez führte Quinn und Buddy in den Baderaum für die Tiere. In dem blitzeblanken, weiß gefliesten Raum gab es verschiedene Stationen mit Gummischläuchen und Duschköpfen.

»Bei der Pflege habe ich noch nie geholfen«, sagte Quinn.

»Na dann hole ich mal unsere wichtigsten Utensilien«, meinte Mrs Alvarez und verschwand in der Abstellkammer. Quinn fragte sich, was das wohl sein könnte. Der Nagelknipser? Eine Bürste? Ein spezielles Hundeshampoo?

Aber als Mrs Alvarez wiederkam, hatte sie nichts dergleichen dabei. Stattdessen hatte sie Regenjacken über dem Arm!

»Ich musste es auf die harte Tour lernen«, erklärte sie Quinn und gab ihr eine der Jacken. »Nasse Hunde schütteln sich – und das fühlt sich an, als sei man in ein Unwetter geraten!«

Quinn schlüpfte in den Regenmantel und zog den Reißverschluss hoch. Er war ihr zu groß, aber vermutlich gab ihr das genau den Schutz vor dem Hundegewitter, den sie brauchte. »Wie sehe ich aus?«, grinste sie. »Ich fühle mich bereit für den Laufsteg – nicht dass Buddy und ich je wieder auf einen Laufsteg sollten!«

Mrs Alvarez musste lachen. Dann griff sie nach einer Flasche geruchsneutralem Hundeshampoo. »Fertig, Buddy?«, fragte sie. »Jetzt wirst du für Weihnachten herausgeputzt!«

Mrs Alvarez zeigte Quinn all die Tricks und Kniffe,

die bei der Pflege von Hunden von Bedeutung waren – wie man Buddy die Krallen schnitt, so dass sie glatt und gerade waren (aber nicht zu kurz), wie man das Fell wusch, ohne dass er Seife in die Augen bekam, und wie man ihm das Fell kämmte, bis er glänzte. Buddy, der so viele einsame Tage im Tierheim verbracht hatte, genoss es sichtlich, im Mittelpunkt zu stehen. Aus seinem Gesichtsausdruck sprach die reine Glückseligkeit.

Als Quinn und Mrs Alvarez fertig waren, kam auch Tommy zurück aus der Zoohandlung. »Ihr könnt euch nicht vorstellen, was da los ist«, erzählte er, als er mehrere große Beutel abstellte. »Uff!«

»So schlimm?«, fragte Mrs Alvarez.

»Schlimmer!«, erwiderte Tommy. »Es sieht fast so aus, als müssten alle Leute in Marion noch rasch in letzter Minute etwas besorgen. Aber keine Angst, ich habe alles von deiner Liste bekommen, Quinn.«

Tommy kramte in einem der Beutel herum.

»Und sogar etwas, das nicht auf der Liste stand«, fügte er fröhlich hinzu und hielt eine Weihnachtsmannmütze für Hunde hoch. »Keine Sorge – die hab ich von meinem eigenen Geld gekauft«, sagte er schnell. »Du hast so viel Arbeit in die Christbaumkugeln gesteckt, da gebe ich dein Geld nicht für so etwas Albernes aus.«

Aber Quinn machte sich keine Sorgen – sie lachte sich lieber schief! Sie nahm Tommy die Mütze aus der Hand und setzte sie Buddy auf den Kopf. Blinzelnd und hechelnd schaute er zu ihnen hoch.

Tok-tok-tok!

»Da wedelt er«, rief Mrs Alvarez. »Ich schätze mal, er ist mit dem neuen Look einverstanden.«

»Er sieht toll aus«, sagte Quinn fröhlich.

»Oh!«, entfuhr es Tommy. »Das hätte ich fast vergessen.«

Er kramte wieder in den Einkaufstaschen und holte ein rotes samtenes Band hervor. »Wie wär's mit einer Schleife um Buddys Hals?«, schlug er vor.

»Unbedingt«, meinte Quinn. Sie kniete sich neben Buddy und band eine große, hängende Schleife – und bekam dafür einen feuchten Hundekuss auf die Wange gedrückt.

»Buddy, du siehst richtig weihnachtlich aus!«, rief Mrs Alvarez. Dann zog sie ihren Schlüsselbund aus der Tasche und klimperte damit in der Luft herum. »Und, was meinst du, Quinn? Seid ihr bereit?«

»Auf jeden Fall«, erwiderte Quinn. »Wir sind schon seit einer Ewigkeit bereit – stimmt's, Buddy?«

Tok-tok-tok!

11

Tommy bot an, im Tierheim zu bleiben und die Hunde und Katzen zu füttern, während Quinn und Mrs Alvarez Buddy in sein neues Zuhause brachten. Es war später Nachmittag, und die Sonne ging gerade unter. Quinn wusste, dass die Tage nun, da die Wintersonnenwende vorbei war, länger und heller wurden. Aber im Augenblick wurde es noch vor dem Abendessen dunkel.

Buddy bemerkte, dass dies kein gewöhnlicher Tag war. Quinn hielt seine Leine fest in Händen, als sie über den Parkplatz zu Mrs Alvarez' Auto gingen. Irgendwie lief er federnder; er tänzelte fast schon, hielt die Nase in den Wind und schaute sich eifrig um.

»Hast du Lust auf eine Spritztour, Buddy?«, fragte Quinn und hielt ihm die Autotür auf. Sie stieg nach ihm in den Wagen, schnallte sich an und legte Buddy beschwichtigend einen Arm auf den Rücken. Sie konnte es kaum glauben, dass der große Augenblick endlich gekommen war: Buddys Adoption! Nach all den Wochen des Grübelns und Zweifelns ging alles auf einmal so schnell. Quinn konnte sich gar nicht vorstellen, wie es im Tierheim ohne Buddy sein würde. Sie wusste jetzt schon, dass sie ihn vermissen würde.

Mrs Ferrino und Charlie lebten nur ein paar Blocks vom Tierheim entfernt. *Vielleicht*, dachte Quinn, *darf ich Buddy hin und wieder besuchen.* Mrs Alvarez hielt vor einem kleinen Backsteinhaus. Quinn lächelte, als sie den Zaun sah, der das Grundstück begrenzte. Es war der perfekte Garten für einen Hund; sie sah schon vor ihrem inneren Auge, wie Buddy und Charlie hier im Frühling Frisbee spielten … sich im Sommer im Planschbecken abkühlten … und den ganzen Herbst lang in Laubhaufen hüpften.

Buddy bekam endlich das Leben, das er verdient hatte.

»Da sind wir«, sagte Mrs Alvarez.

»Okay, Buddy«, flüsterte Quinn. Es fühlte sich seltsam endgültig an. »Das ist es! Bereit für dein neues Zuhause … und für deinen Lieblingsmenschen?«

Tok-tok-tok!

Quinn nahm Buddys Leine in die Hand und schob

die Autotür auf. Durch ein Fenster konnte sie den hell erleuchteten Weihnachtsbaum sehen; an der Tür hing ein geschmückter Kranz.

Buddy trabte neben Quinn her, als sie zur Tür ging. Auf der Schwelle hielt sie inne, um Buddys Weihnachtsmannmütze geradezurücken und seine Schleife zu richten. Dann kniete sie sich noch einmal neben ihn, um ihn fest in die Arme zu schließen.

»Du bist der beste Hund«, flüsterte sie. »Fröhliche Weihnachten, Buddy.«

Dann streckte sie den Arm aus und drückte mit einem behandschuhten Finger die Klingel.

Ding Dong!

Quinns Herz klopfte so laut, dass sie sich nicht gewundert hätte, wenn es Buddys Schwanzwedeln übertönt hätte.

»Mom! Da ist jemand an der Tür!«, hörte sie Charlies Stimme gedämpft von drinnen.

In gespannter Erwartung fasste Quinn die Leine fester. Das war es – das war der Moment …

Die Tür schob sich langsam auf, und Wärme und Licht strömten nach draußen. Und da stand Charlie, seine Mutter hinter ihm. Ihre Augen schwammen schon in Freudentränen. Aber es war Charlies Gesichtsausdruck – die weit aufgerissenen, fragenden Augen –, der Quinn in seinen Bann zog.

»Fröhliche Weihnachten!«, rief Quinn und hielt Charlie die Leine hin.

Charlie begriff allerdings nicht, was hier vor sich ging. Er konnte es einfach nicht fassen. Er schaute von Buddy zu Quinn zu seiner Mutter und zurück zu Quinn.

»Buddy ...«, begann er unsicher.

»Gehört zu dir«, sagte Quinn. »Er ist jetzt dein Hund. Jetzt und für immer.«

»Aber ...«, meinte Charlie. Immer noch verunsichert schaute er seine Mutter an.

Mrs Ferrino gab ihm einen Kuss auf die Stirn und sagte: »Frohe Weihnachten!«

Und da begriff Charlie es wirklich und wahrhaftig. Er stürmte auf Buddy zu, der gleichzeitig hochhüpfte und seine Vorderpfoten auf Charlies Schultern legte. Charlie stolperte rückwärts, Mrs Ferrino fing ihn auf, und alle drei purzelten auf den Boden, ein lautes, fröhliches Durcheinander aus Lachen und Bellen und Buddys Schwanz, der gar nicht mehr aufhörte, *tok-tok-tok* zu machen.

Ihre Freude war überwältigend. Und sie war ansteckend. Sie war so warm und schön wie Sonnenschein nach einem kalten Regenschauer, und Quinn war über alle Maßen dankbar, dass sie hier auf der Türschwelle stehen und daran teilhaben durfte.

Ich mache mich mal aus dem Staub, dachte sie und bewegte sich rückwärts. Sie wollte diesen innigen Moment nicht stören. Aber bevor sie gehen konnte, schaute Charlie auf. Er kam auf die Beine und nahm Quinn ohne Vorwarnung fest in die Arme.

»Danke«, sagte er. »Danke, dass du mir Buddy gebracht hast.«

Quinn lächelte ihn an. »Danke, dass du Buddys bester Freund bist«, antwortete sie.

Dann drehte Charlie sich wieder zu Buddy um. »Komm mit, Buddy! Ich muss dir mein Zimmer zeigen!«, rief er. »Du kannst in meinem Bett schlafen. Ich habe auch voll coole Bettbezüge; mit Zügen und Lastern drauf.«

»Wie kann ich dir nur danken, Quinn?«, fragte Mrs Ferrino. »Du hast Charlie das schönste Weihnachtsgeschenk aller Zeiten gemacht. Ich kann gar nicht in Worte fassen, wie dankbar ich bin.«

»Nein«, sagte Quinn schnell. »Ich danke *Ihnen*, dass Sie Buddy adoptiert haben. Ich habe mir nichts sehnlicher gewünscht, als dass er ein Zuhause findet.« Und noch während die Worte ihren Mund verließen, bemerkte Quinn, wie wahr sie waren.

»Ich verspreche, ich zahle alles zurück«, erklärte Mrs Ferrino. »Jeden Cent, sobald ich mit der Schule fertig bin.«

Aber Quinn schüttelte energisch den Kopf. »Das will ich nicht. Hier zu sein – und das mitzuerleben –, das ist mehr als genug.«

Da kam Mrs Alvarez, beladen mit einer der großen Taschen für Buddy. »Puh!«, stöhnte sie, als sie den Beutel absetzte. »Wie der Weihnachtsmann das nur macht!«

Lachend halfen Mrs Ferrino und Quinn Mrs Alvarez, das Auto auszuladen. Es wirkte fast, als hätte Tommy das ganze Geschäft leer gekauft!

»Kommt doch noch mit rein«, sagte Mrs Ferrino. »Habt ihr Lust auf Kakao und Plätzchen?«

Mrs Alvarez warf einen Blick auf ihre Uhr. »Das wäre schön. Aber Tommy wartet im Tierheim auf mich – und ich will noch Quinn nach Hause fahren …«

»Natürlich – es ist schließlich Heiligabend«, erwiderte Mrs Ferrino. »Ihr solltet bei euren Familien sein. Vielleicht ein andermal.«

»Unbedingt«, versprach Quinn. »Fröhliche Weihnachten, Mrs Ferrino!«

»Fröhliche Weihnachten!«, rief Mrs Ferrino ihnen noch hinterher, als sie zum Auto gingen.

Quinn war ungewöhnlich still, als Mrs Alverez sie nach Hause fuhr. Sie starrte aus dem Fenster in den Nachthimmel, wo schon die ersten Sterne aufgingen. Bildete sie sich das nur ein, oder leuchtete einer der Sterne heller als die anderen? Je länger sie hinsah, desto sicherer wurde sie. Und warum auch nicht? Es war immerhin Heiligabend. Und Quinn wusste besser als jeder andere, dass an Weihnachten *alles* möglich war. Quinn hatte sich sehnsüchtig ein Weihnachtswunder gewünscht – ohne zu bemerken, dass es in *ihrer* Macht lag, ein Wunder zu vollbringen.

»Fröhliche Weihnachten«, sagte Quinn zu Mrs Alvarez, als sie angekommen waren. »Und danke – für alles.«

»Nein, Quinn«, antwortete Mrs Alvarez. »Ich danke *dir*.«

Quinn stieg aus dem Wagen und schaute nach oben. Dieser Stern leuchtete wirklich heller als die anderen – und das überraschte Quinn kein bisschen.

12

»Fröhliche Weihnachten, Dad!«, flötete Quinn, als sie in Dads Schlafzimmer hüpfte. »Aufwachen! Es ist Weihnachten!«

Dad stöhnte leise und zog sich das Kissen über den Kopf. »Bitte sag, dass es draußen nicht mehr dunkel ist«, sagte er.

»Ähm ... mal sehen«, antwortete Quinn und flitzte zum Fenster. »Nein, es ist nicht dunkel. Ich meine, nicht wirklich dunkel. Nicht stockdunkel ... Ich *glaube*, die Sonne geht schon auf ... oder jeden Moment ...«

Lachend zog Dad sich das Kissen vom Gesicht. »Ich mache doch nur Spaß. Fröhliche Weihnachten, Schätzchen! Ich brauche nur ein bisschen Weihnachtskaffee und dann machen wir die Geschenke auf.«

»Geschenke!«, kreischte Quinn glücklich.

Ein paar Minuten später saßen Quinn und ihr Dad

unter dem Baum, einen kleinen Stapel Geschenke vor sich. Von ihrer Tante hatte Quinn einen neuen Rock bekommen, von den Großeltern gab es ein paar Bücher. Dann reichte Dad ihr eine große rote Schachtel.

»Ich hoffe, das ist das Richtige«, meinte er. »Sagen wir einfach, ich habe noch nie etwas in der Art gekauft.«

Quinns Neugier war geweckt. Langsam löste sie das Band, um jeden Moment der Vorfreude auszukosten. Dann hob sie den Deckel … und blickte hinunter auf ein Paar wunderschöner und brandneuer Schlittschuhe mit silbern schimmernden Kufen.

»Schlittschuhe?«, rief sie. »Dad! Das ist unglaublich! Jetzt kann ich mit Eliza eislaufen, wann immer ich will!«

»Gefallen sie dir?«, fragte Dad strahlend.

»Ich *liebe* sie! So eine Überraschung!«, antwortete Quinn. »Woher wusstest du, dass ich mir Schlittschuhe wünsche?«

»Ich habe gehört, wie du und Eliza übers Eislaufen geredet habt, als sie zu Besuch war«, erklärte er. »Ihr beide versteht euch so gut – da dachte ich, ihr würdet vielleicht gerne zusammen Schlittschuh laufen. Ich bin froh, dass du eine neue Freundin gefunden hast, Quinn. Ich weiß, dass Annabelle weggezogen ist, war nicht leicht für dich.«

»Das stimmt«, gab Quinn zu. »Von Annabelle ist vermutlich noch nichts gekommen. Sie hat gesagt, sie hätte ein besonderes Geschenk für mich, aber dass es nicht vor Weihnachten kommen würde.«

Dad zuckte die Achseln. »Ich sehe nur noch ein Geschenk«, sagte er.

»Das ist für *dich*«, erklärte Quinn. Sie überreichte Dad die Box. Darin war die aufwendigste Christbaumkugel, die sie bisher gemacht hatte, und natürlich hatte sie ihre Katze Piper darauf gemalt. Und als Dad sie an den Baum hängte, war sie stolzer denn je.

Nach dem Frühstück schaute Quinn auf die Uhr und seufzte.

»Stimmt was nicht?«, fragte Dad.

»Ich würde gern Annabelle anrufen, aber in Kalifornien ist es drei Stunden früher«, sagte sie. »Wahrscheinlich muss ich bis zum Nachmittag warten, und das sind ja noch *Stunden*!«

»Du kannst mir in der Küche helfen«, meinte Dad. »Wir können anfangen, das Weihnachtsessen zu kochen.«

»Okay«, sagte Quinn. »Aber zuerst mache ich einen Kakao.« Als Quinn den Kühlschrank aufmachte, entfuhr ihr ein Keuchen. »Dad! Wie viel Zeug ist hier denn drinnen? Der Kühlschrank ist brechend voll!«

»Na ja, weißt du«, sagte Dad, »das ist fürs Weihnachtsessen.«

»Ist das ein ganzer Truthahn?«, rief sie. »Wie wollen wir das alles essen, Dad? Das ist viel zu viel!«

»Wir lassen uns schon etwas einfallen«, antwortete er. Er spähte gerade in die Speisekammer, deswegen war Quinn nicht ganz sicher – aber es hörte sich an, als würde er lachen.

In diesem Moment klingelte es an der Tür. Quinn richtete sich auf. »Dad?«, fragte sie.

»Warum gehst du nicht an die Tür?« Er kramte immer noch in der Speisekammer herum. »Das Kakaopulver muss hier doch *irgendwo* sein …«

Achselzuckend stellte sie die Milch zurück in den Kühlschrank. Sie ging zur Tür, machte sie auf …

Und da standen Annabelle und ihre Eltern auf der Schwelle!

Quinn war so überrascht, dass sie kein Wort herausbrachte. Allerdings zog sie wohl ein komisches Gesicht – mit aufgerissenen Augen und der Mund stand ihr weit offen –, denn die Forresters brachen in Gelächter aus.

»Überraschung!«, rief Annabelle und schloss Quinn in die Arme. »Fröhliche Weihnachten!«

»Du … du bist … du bist hier!«, stotterte Quinn, die sich langsam von dem Schock erholte. »Aber … das verstehe ich nicht … wie?«

Annabelles Augen funkelten. »Ich sagte doch, dass dein Geschenk eine große Überraschung wird!«, antwortete sie. »Oh, Mann! Ich hätte nicht gedacht, dass ich das für mich behalten kann, aber irgendwie habe ich es geschafft!«

»Wir mussten noch mal nach Marion zum Notar, weil wir doch unser Haus verkaufen«, erklärte Mrs Forrester. »Aber Annabelle hatte die Idee, dich zu überraschen.«

»Wir bleiben vier Tage hier!«, verkündete Annabelle. »Und dein Dad hat schon gesagt, dass ich bei dir übernachten …«

»Dad?«, wiederholte Quinn. »Dad hat es gewusst?« Da kam ihr wieder der überfüllte Kühlschrank in den Sinn und sie drehte sich um, nur um zu sehen, dass Dad grinsend hinter ihr stand. »Dad! Du hast es gewusst!«

»Als ich davon gehört habe, musste ich die Forresters natürlich zum Weihnachtsessen einladen«, antwortete er. »Kommt rein, kommt rein! Wir haben Kaffee und Tee – und Quinn wollte gerade Kakao machen …«

Während Annabelles Eltern ihrem Dad in die Küche folgten, schüttelte Quinn fassungslos den Kopf. »Ich kann immer noch nicht glauben, dass du hier bist. Ich … Das ist nicht das Geschenk, das ich dir eigentlich machen wollte, aber … Fröhliche Weihnachten.«

Und sie überreichte Annabelle die Christbaumkugel, die sie für ihre Freundin gemacht hatte.

»Quinn. Wie gut du Bumblebee getroffen hast!«, rief Annabelle. »Du hast mir wirklich eine deiner berühmten Christbaumkugeln gemacht! Wow!«

»Es ist nichts Besonderes«, meinte Quinn. »Dein Weihnachtsgeschenk sollte eigentlich eine richtig große Sache werden. Ich hab all das Geld, das ich mit den Kugeln verdient habe, gespart, um dich zu besuchen, aber …«

Annabelles Augen wurden größer und größer, als Quinn ihr alles von Buddys Weihnachtswunderadoption erzählte. Überwältigt schloss sie Quinn noch einmal in die Arme.

»Natürlich musstest du Buddys Adoption unterstützen«, sagte Annabelle sofort. »Ich wäre echt *sauer* geworden, wenn du es nicht getan hättest!«

Quinn musste lachen. »Du hättest es doch nie erfahren!«

»Du vergisst, dass beste Freundinnen übernatürliche Kräfte besitzen«, erklärte Annabelle. »Wenn du glaubst, dass die schwächer werden, nur weil ich in einen anderen Staat gezogen bin, dann hast du dich aber geschnitten!«

»Ich hab schon einen neuen Plan, wie ich Geld für ein Flugticket auftreiben könnte«, sagte Quinn. »Vielleicht kann ich dich im Sommer besuchen.«

»Das wäre spitze«, antwortete Annabelle. »Ich kann es kaum erwarten!«

»Mädels!«, rief Mrs Forrester. »Der Kakao ist fertig.«

Annabelle schaute Quinn an. »Minimarshmallows?«, fragte sie.

»Schlagsahne?«, erwiderte Quinn.

Dann lächelten sich die Freundinnen an und sagten gleichzeitig: »Beides!« Kichernd hüpften sie in die Küche.

Die Weihnachtsfreude ließ Quinns Herz höher

schlagen – besonders, wenn sie an die zwölf wuscheligen Weihnachtswichtel dachte, die heute alle in ihrem neuen Heim aufwachten. Quinn hatte das komische Gefühl, dass die Tiere – und ihre Familien – genauso glücklich waren wie sie. Und darum war dieses Weihnachten das beste aller Zeiten!